# 漫漫回家路

A Long Way Home

[澳] 萨鲁·布莱尔利（Saroo Brierley）◎著
张琼文◎译

图书在版编目（CIP）数据

漫漫回家路 /(澳) 萨鲁·布莱尔利著；张珎文译
. — 北京：北京联合出版公司, 2021.1
ISBN 978-7-5596-4592-0

Ⅰ.①漫… Ⅱ.①萨… ②张… Ⅲ.①长篇小说—澳大利亚—现代 Ⅳ.①I611.45

中国版本图书馆CIP数据核字(2020)第189672号

*A Long Way Home*
Text Copyright © Saroo Brierley, 2013
First published by Penguin Group (Australia).This edition published by arrangement with Penguin Random House Australia Pty Ltd.
Simplified Chinese edition copyright © 2021 by Beijing Adagio Culture Co. Ltd.
Published under licence from Penguin Books Ltd.
Penguin（企鹅）and the Penguin logo are trademarks of Penguin Books Ltd.
All rights reserved.
封底凡无企鹅防伪标识者均属未经授权之非法版本。

北京市版权局著作权合同登记　图字：01-2020-6084

## 漫漫回家路

作　者：[澳] 萨鲁·布莱尔利
译　者：张珎文
出 品 人：赵红仕
选题统筹：邵　军
产品经理：唐馨馨　闫明欣
责任编辑：夏应鹏
封面设计：华夏视觉 李原生 E-mail:250940264@qq.com

北京联合出版公司出版
（北京市西城区德外大街83号楼9层　100088）
北京联合天畅文化传播公司发行
北京时捷印刷有限公司印刷　新华书店经销
字数133千字　880毫米×1230毫米　1/32　8印张
2021年1月第1版　2021年1月第1次印刷
ISBN 978-7-5596-4592-0
定价：45.00元

版权所有，侵权必究
未经许可，不得以任何方式复制或抄袭本书部分或全部内容
本书若有质量问题，请与本公司图书销售中心联系调换。
电话：（010）64258472-800

献 给 古 杜

# 目录

CONTENTS

楔子 / 001

家的记忆 / 006

迷失在大城市里 / 015

想生存,就得学会相信直觉 / 044

在一连串打击后遇见「新生」 / 060

迎向纯净未知的世界 / 081

以爱之名的领养旅程 / 097

谷歌地球开启寻根曙光 / 110

| | |
|---|---|
| 专注于未知而忘了已知 | 127 |
| 在希望与否定之间徘徊 | 141 |
| 重逢，像大海一样深的喜悦 | 161 |
| 补缀迷失的童年时光 | 184 |
| 因为相信，我们回到了彼此的生命里 | 199 |
| 追忆人生的答案 | 213 |
| 尾声 | 244 |
| 致谢 | 250 |

# 楔　子

他们离开了。

这一天我已经等了二十五年。在地球另一端长大的我，有了一个新的名字和一个新的家庭，不知道是否还能再见到我的母亲和兄弟姐妹们。此刻，我站在儿时生活过的地方——印度中部一座尘土飞扬的贫穷小镇上，一间转角破旧屋子的门前。屋里空无一人，破败的景象告诉我，这里已经很久没有人居住了。

上一次站在这里，是我五岁的时候。

眼前这扇断了铰链的门，比儿时记忆里的小了很多——现在我得弯下腰才能进到屋子里。屋里空无一人，也没有敲门的必要了。通过窗户和摇摇欲坠的砖墙上熟悉的裂缝，可以看到我曾经和家人一起居住的小房间。记忆里高不可及的屋顶，也变了样子，现在我的头几乎可以碰到天花板了。

经过多年的寻找，我最终找到了儿时的家，却发现家人都已经不在了——这是我内心深处最害怕的事情。因此，我刻意抑制着内心的情绪，尽量不让这个可怕的想法浮上来。

这不是我人生中第一次感到迷茫和不知所措。这次我已经三十岁了，口袋里有了钱，还有一张回家的车票，但我感觉现在的心情却跟多年前独自在火车站月台上时一样——呼吸困难，思绪万千，我希望我能改变过去。

这时邻居家的门打开了，一个穿着红色长袍、怀里抱着婴儿的年轻女子从隔壁那间维护得很好的屋子里走了出来。她的眼神充满好奇，这一点我可以理解。我长得像印度人，但我身上看起来干净整洁、有点太新的西式服装和精心打理过的头发，让我看起来和周围的一切格格不入——我显然是一个外来者，一个外国人。更糟糕的是，我不会说她的语言，因此当她跟我说话时，我只能猜测她大概是问我在这里想找谁。我几乎不记得任何北印度语，就连记忆中残存的那一点点北印度语，也不确定该怎么发音，因此，我只好跟她说："我不会说北印度语，只会说英文。"没想到她说："我会说一点英文。"

我指着那间废弃的房间，嘴里背诵着一个个曾经住在里面的人的名字——"卡姆拉、古杜、卡鲁、谢姬拉"——然后指着自己说："萨鲁。"

这次，听到我说话，年轻女子一直沉默着。我想起在澳大利亚时妈妈给了我一样东西，就是为了应对这种窘境。我从背包里翻找出一张A4纸，上面印着几张我小时候的彩色照片。我指了指自己，然后又指着照片中的男孩，说："萨鲁。"

我努力回忆着当年我家隔壁住的邻居都是谁。眼前的女子是当年住在隔壁的小女孩吗？有这样一个小女孩吗？

她盯着我手中的纸，然后又抬头看着我。我不确定她是否听得懂我在说什么，但这回她犹豫着说了几个英语单词。

"这些人……不住这里……今天。"她说。

虽然从她口中说出的几个字只是证实了我心中早已猜到的事实，但是当心中的猜想在她口中简单的词语里变成事实时，我还是深受打击。一阵晕眩感袭来，我只能呆站在她面前，浑身僵硬，无法动弹。

其实，我在心里早已经有过无数次的设想，就算找到以前我们居住的地方，我的家人也可能早就搬走了。儿时与家人相处的短短几年里，我们一直搬来搬去——穷人往往居无定所，当时哪里有工作，母亲就带着我们搬到哪里。

这些可怕的念头不断从我心底尘封的角落里涌出来，我甚至想到了另一种可能——母亲已经去世了——我根本不敢再往下多想。

这时，有个男子注意到我们，走了过来。我把刚才说的话和他重复了一遍，并且背诵出了母亲的名字——卡姆拉，两个哥哥古杜、卡鲁和妹妹谢姬拉，还有我的名字萨鲁。对方刚要开口说话时，另一名男子走了过来，问道："你好，有什么需要帮忙的吗？"他说着一口流利的英语。

这是我抵达印度后，第一个可以用英语好好交谈的人，我连忙说出了自己的故事——我小时候曾经住在这里，当年跟哥哥出去后不小心走失了，我在另一个国家长大，我甚至不记得这地方叫什么，但我找到了回家的路，回到加尼什塔莱[①]寻找我

---

[①] Ganesh Talai，位于印度中央邦城市坎德瓦北方的小镇。

的母亲和兄弟姐妹——卡姆拉、古杜、卡鲁、谢姬拉。

听了我所说的故事,他显得很惊讶。我又跟他说了一遍昔日家人的名字。

片刻后,他说:"请在这里等一下,我两分钟后回来。"

看着他离开的背影,我脑子里充满了各种可能性——他要去找什么?有人知道我家人的下落吗?甚至说,有人会有我家人的地址?但他知道我是谁吗?没多久,他回来了,然后他说了一句我一辈子都不会忘记的话:"跟我来,我带你去见你母亲。"

# 家的记忆

在霍巴特（Hobart）成长的那些年，我房间的墙上一直挂着一幅印度地图。那是在一九八七年，六岁的我刚抵达澳大利亚时，妈妈——我的养母——为我准备的，她希望这样可以让我有家的感觉。她尝试教我那幅地图所代表的是什么，但我当时完全没接受过教育，连地名都不知道，更别提印度的形状了。

我们家里的物品都有浓浓的印度风，是妈妈特意准备的——有几尊印度神像、铜饰和铃铛，还有许多小象摆件，当时我并不知道这些东西是一般澳大利亚家庭不会摆设的物品。妈妈还用印度风格的染布装饰我的房间，甚至用来覆盖衣橱，房间里还有穿着颜色鲜艳的衣服的木偶雕刻。虽然我在印度生活的时候从未真正拥有过母亲特地为我准备的这些东西，但在某种程度上，当我面对这些物品时，总会有一种似曾相识的熟悉感。如果我是被别的家庭收养，或许他们会认为反正我还小，要在澳大利亚展开新生活不是一件难事，甚至也不必再提我到底是从哪里来的。只是肤色终究说明了我的出身。不管怎样，爸爸妈妈选择收养印度小孩肯定是有原因的。

童年时，地图上数百个地名总在我眼前飘来飘去。在我还不会读地名之前，我就已经知道那巨大的"V"字形的印度次大陆是一处汇聚着城市与乡镇的地方，还有沙漠与群山、河流与森林——有恒河、喜马拉雅山、老虎。天啊！我为此深深地着迷。我常仰头凝视地图，迷失在思绪里，回想在众多地名之中，我究竟是从何而来？在哪里出生？我知道我要找的地方叫"加尼斯塔雷"（Ginestlay），但那到底是城市、小镇、村庄，还是街道名称，我完全不知道——连地图都不知该从何看起。

我也不确定自己的年龄。虽然官方文件中的记录显示，我的出生日期是一九八一年五月十二日，但这是印度官方估计的出生年份，这个日期是我被送到孤儿院的那一天，也是这家孤儿院安排了我的领养事宜。由于当时年纪小又没上过学，完全无法说明自己的身份，也说不清自己打哪儿来。

最初，爸爸妈妈也不知道我究竟是怎么走丢的。他们了解的情况和大家所知的都一样——我是被人从加尔各答街上"捡"回来的，至少这一点是当时可以确定的；在数次尝试联系寻找我的家人未果后，我被送进了孤儿院。接着，我被布莱尔利夫妇收养，这也算皆大欢喜的结果。因此，爸爸妈妈起初总会指着地图上的加尔各答，说我就是从那里来的——但事实上，我是从他们口中才第一次听说这个地名。直到我抵达澳大利亚过了一年左右，开始会说一些基础的英语后，我才能比较清楚地告诉他们自己并不是出生在加尔各答，而是被一列火车从"加尼斯塔雷"附近的火车站拉到了一处叫作"巴拉玛普尔"（Bramapour）还是"贝拉玛普"（Berampur）的地方……我不太确定地名。我只知道那个地方离加尔各答很远，也没人能帮我找到那是什么地方。

当然，对于到达澳大利亚的我来说，生活的重心应该放在未来，而非过去。我眼前的新生活跟我出生的地方的生活有着很大的差异，可谓是天壤之别，因此，随着我的到来，养父母也迎来了一番新的生活的挑战。对于我是否能在短时间内学会说英语，妈妈并不担心，因为她知道随着一天天的使用和累积，语言对我来说不会是难题。她认为，与其试着让我赶快学会英语，关心我、安顿我，以及得到我的信任才是更重要的事情——而做这些事情完全不需要文字。

妈妈认识一对住在附近的印度夫妻，名叫萨林和雅各，我们会定期到他们家吃印度菜，他们会用我的语言——北印度语——跟我交谈，询问一些简单的问题，并把爸爸妈妈希望我知道的事情，例如该如何共同生活的注意事项和指示翻译给我听。成长背景非常简单的我，其实连北印度语也说不了几句，但知道在遥远的南半球也有人能听懂我说的话，给我融入新环境提供了莫大的帮助。凡是新父母无法以手势和笑容告诉我的事情，萨林和雅各便会居中协助沟通。就这样，我和新父母从未有过无法沟通的时候。

跟所有的小孩一样，我学习新语言的速度很快。不过在最初那段时间里，我很少提起在印度时的往事。在我还没准备好之前，爸爸妈妈也不会逼我说，而且我显然没有表现出将过去放在心上的样子。妈妈说她记得在我七岁时，有一次我没来由地变得非常沮丧，并且一直哭喊着："我忘了！"不久之后，她发现我这么难过是因为我忘记了从印度家里到附近学校的路,我以前常走在那条路上,看来来往往的学生。当时我们虽然在嘴上都说着那段记忆应该不重要,但在我内心深处,这件事情至关重大。我记忆里装的全是我的过去,私底下一遍又一遍地回想,为的就是确保自己不会"忘记"。

事实上,我心里不会遗忘过去的一切。每当夜深人静,过去的记忆就会浮上心头,我甚至一度为此辗转难眠。白天因为有许多事情可以分散注意力,情况通常会好一点,但我的思绪依然转个不停。因为这样,再加上我不愿忘记过去的决心,脑海中童年时在印度生活的记忆始终清晰,就像一幅完整的图画——我的亲人、我的家,甚至是与他们分开后的痛苦遭遇依然历历在目。有些记忆是美好的,有些记忆是不堪的——但我无法保留这段记忆却遗忘另一段遭遇,不管是什么,我都不能忘记。

在另一个国家、另一种文化环境中展开新生活的过程,其实没有外人想象得困难,最主要是因为和在印度的经历相比,我在澳大利亚的生活显然过得更好。当然,我最想要的,无非还是与生母重逢,但在我意识到这件事已经不可能发生后,我知道自己得抓住眼前任何可以生存下去的机会。新父母一开始就非常亲切,经常拥抱我,让我感到安全、安心和被爱,更重要的是,我知道他们是真的想要我,不会抛弃我。这对一个曾经迷失、没人关心的孩子而言意义重大,我很快就完全信任、接受他们。即便当时我只有六岁(我选择接受自己是在一九八一年出生),我知道我拥有了难得的重生机会。没多久,我变成了萨鲁·布莱尔利。

现在,我在霍巴特有个安全、稳定的新家。我想,一直陷在过去的记忆可能不太好——新生活的存在就是要尘封过去——因此,夜深人静时浮现在心头的思绪只有自己知道。反正我一开始就无法用言语解释一切,而且在某种程度上,我也不认为自己的故事有什么特别之处:当然我会感到很难过,却也以为这是会发生在每个人身上的事情。在过了一段时间后,当我愿意向其他人打开心扉、说出过去的经历时,我从对方的反应中才知道,原来自己的经历一点都不寻常。

夜晚的思绪偶尔也会在白天满溢。记得有一次,爸爸妈妈带我去看一部北印度语的影片《早安孟买》(*Salaam Bombay*)。影片中,小男孩独自在庞然膨胀的城市中求生存、渴望回到母亲身边的画面,清晰地唤起了我心中某些不安的记忆:我在黑暗的电影院里悄悄抹去泪水,而我那好心的爸爸妈妈也没察觉发生了什么事。

就连悲伤的音乐（尤其是古典乐）都会令我感伤。看到或听见婴儿的哭声更会深深地影响我，但最容易触动我内心情绪的，莫过于看见有许多小孩子的家庭。我想，就算我现在过得很幸福，这样的画面仍在提醒着我所失去的生活。

后来，我慢慢地会和其他人谈起我的过去。在我抵达澳大利亚约莫一个月后，我开始向萨林描述我的印度家庭——母亲、妹妹和两个哥哥——而我是和哥哥走散了。我的所知有限，因此无法再进一步解释，但萨林总能缓缓引导我描述事情，而非逼迫我。渐渐地，随着我的英文能力进步，我又能对爸爸妈妈多说出一些事情，诸如生父在我很小时就离开了我们的家庭等。不过大部分时候，我说的话题都集中在当时的生活：上学、交朋友和找到喜欢的运动。

直到我在霍巴特住满一年后的某个下雨的周末，我竟然主动提起印度的生活——妈妈吓了一跳，我自己也是。或许是我觉得新生活越来越稳定，而且学会更多的词汇能描述我曾经的经历。我发现自己可以说出更多关于印度原生家庭的事情：像是我们穷到常常饿肚子，生母会要我拿着罐子到邻居家乞讨剩菜。那是一场感伤的对话，妈妈紧紧抱着我。她提议我们一起画张地图、画出我以前住的地方：就在她下笔绘图的同时，我负责指出我家在街上的位置，说明从哪条路可以通往孩子们经常玩耍的河边，以及从哪座桥下可以走到火车站。

我们以手指划过画在纸上的道路，然后在一起仔细画出屋内的配置，画出每一个家庭成员睡觉的位置——甚至是晚上躺上床的顺序。每当我英文表达能力稍有进步，我们就会拿出一起画的地图做进一步的修正。通过绘制地图逐渐唤醒我脑海中更多的记忆，没多久，我便告诉妈妈我走失后的故事，她难以置信地看着我，然后边听边做笔记。最后，妈妈在地图上画了一条波浪线，指向加尔各答，并且在旁边写下了"漫漫长路"。

几个月后，我们到墨尔本拜访几位跟我一样从加尔各答被领养过来的小孩，大家一起开心地用北印度语彼此交谈的同时，不免让我想起恍如昨日的过往。那也是我第一次告诉妈妈，我来自一处叫加尼斯塔雷的地方，当她要我说明那是一个什么样儿的地方时，尽管有点不合逻辑，但我还是自信地回答："你带我去那里，我就能告诉你。我认得路。"

抵达澳大利亚后，首次大声说出家乡名字就像打开了安全阀似的。没过多久，我甚至将完整的故事告诉给学校里我很喜欢的一个老师。一个半小时后，她也做了笔记，字里行间全是惊讶与赞叹。奇怪的是，我发现澳大利亚人，像是我的妈妈和老师，听到我在印度的故事时都是一脸的惊讶和难以置信，或许在他们心里肯定觉得我所说的一切，像是发生在另一个星球上的事情。

他们所听到的故事，是我抵达澳大利亚后便在心中一遍遍重述过的人物和地点；在我成长期间，我也不会有片刻停止回忆。只是记忆难免有片段遗落，我的也不例外。有时候我也不确定某些细节，例如意外发生的顺序，或是事件与事件之间相隔多久。而且经过二十六年后，我也很难说出这些感觉到底是小时候的想法和感受，还是我这些年来的心情。尽管我不断地回想，从过去的记忆中寻找线索，这或许搅乱了某些事实，但我的童年遭遇依然清楚地存在记忆中。

在我看来，当时说出自己的故事是很轻松的，但经过两年前改变我人生的一连串事件后，我很希望借由分享自己的故事，唤起他人的希望。

# 迷失在大城市里

首先,照顾妹妹谢姬拉的那些日子,深深刻印在我的记忆里。每次我们玩遮脸游戏时,她总会仰起胖嘟嘟的小脸对我微笑。我也记得一年当中,总有几个月的夜晚闷热而漫长,我们会与住在同一屋檐下的另一家人聚在院子里,有些人弹小风琴,有些人唱歌。在那些夜里,我真真实实地知道什么叫归属感、什么是幸福。妇女们会把床垫和毯子搬到外面,所有人聚在一起,凝视星空,渐渐入睡。

我们家的第一间房子是和另一个北印度家庭共用的,我也是在那里出生的。在一个没有隔断的砖墙房里,两家人各自占据一边,地上铺满了牛粪、稻草和泥土。虽然简单,但绝对不是密集的分租住宅,那种像难民窟的拥挤住宅是在孟买和德里这样拥有百万人口的城市中穷苦家庭的栖身之所。虽然我们居住的地方空间有限,每户人家挨得又近,但住在此处的那段时间是我人生中最快乐的记忆之一。

我母亲是印度教徒,父亲则是伊斯兰教徒——这在当时是非常罕见的婚姻组合,当然也没有维持太久。父亲很少跟我们住在一起,我后来才发现他娶了第二个妻子,而母亲选择独自将我们抚养长大。

母亲带着我们搬到镇上的伊斯兰教区,我也在那里度过了大部分的童年时光。母亲长得非常漂亮,身材苗条纤细,留着一头发亮的长发——在我的记忆中,她是全世界最美丽的女子。除了母亲和妹妹之外,我还有两个哥哥——古杜、卡鲁,我更崇拜他们。

我们的第二个家完全属于自己,但是空间更局促了。那是一栋大红砖房三个房间中的一间,地板上一样铺着一团团的牛粪和泥土。我们房间的一角有个小壁炉;另一侧则是一个泥土做的水槽，是我们喝水与洗涤的地方；屋里还有一个摆放睡觉用的毛毯的柜子。因为房屋的结构有些松动，我和哥哥经常调皮地抽出墙上的砖块偷瞄外面的世界，然后再把砖块放回原位。

除了雨季经常下滂沱大雨外，我们居住的小镇平常都是又热又干。流经旧城墙边的河，是从附近连绵的山丘里流出来的，一到雨季，河水就会冲破河堤，淹没周围农田。那时候，雨季过去之后，我们会等河水回落，在水浅的地方抓些小鱼。这也表示雨季时，镇上的铁路地下通道里会积满河水，无法通行。我们喜欢在地下通道里玩耍，不过有火车经过时，头上的土石就会撒落我们一身。

镇上的邻居都很穷，我经常活动的街道也非常破旧，坑坑洼洼的道路也没有铺设过，街道两旁住着许多铁路工人，比较富裕或出身名门的居民基本上不住这一区。镇上新建的东西不多，有些建筑物甚至摇摇欲坠。不在社区居住的人就住在跟我们家一样的小房子里，在狭长的走道尽头有一两个房间，房间里只有基本生活配置——东一个柜子，西一张低矮的木板床，可能还有水龙头和排水孔。

除了我们一群小孩外，街上到处都是游荡的羊群，即便在市中心也是如此，它们甚至会睡在最繁忙的道路中央。猪则是以家族为单位，仿佛是朝九晚五的上班族，白天到处觅食，时间一到就下班，晚上找个街角靠在一起睡觉。你不必知道这些牲畜的主人是谁，反正这些动物就是在那里。

街上也有穆斯林家庭养的羊群，还有鸡在泥土中啄食。我很怕狗，讨厌的是街上有许多狗，虽然有些很友善，但大部分都难以捉摸，有的看起来还很邪恶。自从我被某只狂吠嗥叫的野狗追过后，我就一直都很怕狗。某次我逃跑时跌倒，一头撞在老旧地面上突起的破砖块上，眉毛上划出了一道伤口，邻居拿绷带帮我包扎，还好没伤到眼睛。等到我终于可以自己走回家时，巧遇了镇上的苦行僧"巴巴①"，他告诉我绝对不要怕狗——只有狗知道你害怕，它们才会咬你。我努力记住他的建议，但我看到街上的狗还是难免紧张。母亲告诉我，有些狗就算没咬人，身上也有致命的传染病会传染给人。不管别人怎么说，我还是不喜欢狗，伤也依旧存在。

父亲离开后，母亲得工作来抚养我们一群孩子。谢姬拉出生没多久，母亲就到工地上搬运砖头和石头赚钱，在炙热的太阳下，用头顶着沉重的砖头和石头；一周工作六天，每天从早到晚——这也意味着我经常见不到母亲。母亲常到其他镇上工

---

① 巴巴：印度人对灵修大师的尊称。

作，每次一走都是好几天，有时我一周只能见到她一两次。即便如此，母亲所赚的钱仍不够养活自己和四个孩子。

为了帮忙减轻家里的负担，古杜十岁左右便在餐厅打工洗碗。尽管如此，全家人还是经常饿肚子，只能过一天算一天。我们经常得向邻居乞讨食物，或在市场、火车站附近的街上乞讨钱或者食物，就这样我们勉强维持着生计，每天都是勉强糊口，让日子一天一天过下去。每个人每天一起床就出门，尽全力获取物资、钱或食物，直到一天结束，大伙儿回家把一整天的收获摆在桌上，全家人一起分享。

我记得自己多数时间都是饿肚子的，但奇怪的是，我并不会为此感到难过：这是我人生的一部分，我也接受了。我们身体羸弱，肚子里没有什么食物，长期挨饿引起的胃部胀气让我们看起来都有一个圆鼓鼓的肚子。我们可能营养不良，但整个印度的贫穷家庭的小孩都是如此，因此也没什么好奇怪的。

跟许多邻居家的孩子一样，我和哥哥们的觅食方式还挺有创意的。简单一点就用石头扔别人的芒果树，看能不能打下芒果，但这有时也挺冒险的。有一天在回家途中，我们决定从田野后面走，结果发现了一座长约五十米的大鸡舍，虽然外面有武装警卫看守，但是古杜觉得我们应该可以顺利地从里面弄些鸡蛋，于是我们便拟好了偷鸡蛋计划——先躲起来，等警卫去喝茶休息的时候，由身材矮小、不易被发现的我先溜进鸡舍，古杜和卡鲁再随后跟进来。古杜让我们把衣服卷起来当成装鸡蛋的篮子，迅速抓鸡蛋，抓多少算多少，然后跑出鸡舍，直接回家。

我们从藏身之处探察外头情况，等警卫休息时，他们会跟屋里的工人坐一起喝茶、吃面包。我没有太多时间可以浪费，由我先溜进去拿鸡蛋，古杜和卡鲁则随后进来也开始拿。鸡群因我们的出现而鼓噪，叫得很大声，惊动了警卫。正当我们往外冲时，警卫也从小屋里追了出来，距离我们只有二十多米。古杜大喊："快跑！"我们分头狂奔，跑得比警卫还快，幸运的是，他们没朝我们开枪。没命似的跑了几分钟后，我发现自己成功甩开他们，便放慢脚步往家走去。

在一阵狂奔后，我很可惜地发现，我捡来的九颗鸡蛋只剩下两颗，其他全破了，衣服前面还滴着蛋液。哥哥们跑得比我快，已经先回到家中，母亲正在点火准备煎鸡蛋。我们成功带回十颗鸡蛋，够全家人吃了。我看着母亲先喂谢姬拉，饥肠辘辘的我再也忍不住，抢走了妹妹盘子里的煎蛋，夺门而出，对她刺耳的哭喊抗议声充耳不闻。

还有一次我一大早饿醒，发现屋里一点食物都没有，顿时想起之前曾看到过附近有一片成熟了的西红柿园，于是决定出去碰碰运气。清晨的空气十分冰凉，我身上还裹着睡觉的毛毯。走到西红柿园后，我从铁丝网的缝隙钻了进去，边探边吃，品尝着柔软的果肉。接着刺耳的哨子声传来，一群大我五六岁的男孩迅速从西红柿园的另一端跑了过来，身材矮小的我又从铁丝网缝隙钻了出去；我知道那缝隙对他们而言太小了，他们钻不过来。不料，我的宝贝毛毯竟被铁丝网钩住，眼看着男孩们渐渐逼近，在别无选择的情况下，我只好放弃毛毯。

回到家后，妈妈很开心我带回一些西红柿，但我弄丢了毛毯也让她非常生气。只是她没像一般父母对待犯错误的孩子那样，毒打我一顿——她从不动手打我们。

另一次觅食的经历则差点要了我的小命。我当时接了一份工作，要穿过镇上的主要街道，把十个大西瓜运送给一名在市集摆摊的男子。他给的钱很少，但我希望在工作结束后，他能切一小片西瓜请我吃。当时我还很小，搬第一个大西瓜时候就觉得非常吃力了，甚至在繁忙的街道上走得东倒西歪的。接下来我发现自己躺在柏油路上，头上流着血，旁边是已经摔烂的西瓜——我被超速的摩托车撞倒，虽然腿受了伤，不过幸好头部没有摔成像四分五裂的西瓜那样。摩托车手因为可怜我，就顺路载我回家。我一跛一跛地进屋时，母亲吓坏了，赶紧带我去看医生。医生帮我在伤口处敷药、缠绷带，不知道母亲最后付了多少医药费。

哥哥们长大后，因为要开发新的觅食地点，离家的时间越来越长，有时得睡在火车站里或者桥下。有时候好心的巴巴会在清真寺里照顾我和谢姬拉，或拿着长竹棍和线，带我去河边钓鱼；有时候附近的邻居会照顾我们，又或者我们会跟古杜一起，在他工作的餐厅水槽前刷洗锅碗瓢盆。

这一切听起来好像很惨，但我觉得当时的我们很快乐。当然，我们心里是希望一切能变得不一样。有时我起床后的第一件事情，就是到附近学校的校门口徘徊，看着一个个穿制服走进校门的小孩，希望自己也是其中的一个。可是我们家付不起学费，这也让我有点害羞，因为很显然我没受过教育，不会阅读或者写字，也不认识几个字——连带口语能力也很差，不会与人沟通。

我最亲近的人就是小妹谢姬拉。从某个特定的时间开始，我就负责照顾她的生活，看顾她、帮她洗澡、喂她吃东西。我和谢姬拉睡同一张床，早上起床后，能找到什么食物就用什么食物喂她。我们时常一起玩遮脸游戏和捉迷藏。谢姬拉个子很小，长得非常漂亮。她喜欢跟我在一起，我走到哪里，她就跟到哪里；我也会时时刻刻保持警惕地保护她，不让任何人有机会欺负她。

从小我就对谢姬拉有一种责任感，她是我的生活重心。古杜较为年长，卡鲁倒是与我的角色类似。古杜为了帮助母亲维持家里的生计，每天在不同时段要做不同的工作；卡鲁则会照顾他，看顾好我们全家人的饭票——弟弟会确保哥哥有足够的食物吃，以及晚上没回家的话，找到安全的地方睡觉。我们几个都会互相照顾，因此就算没有父亲在身旁，母亲也可以放心地到外地去工作。

大部分时候，如果谢姬拉在屋里睡觉，我不是困在家中，就是待在院子里，经常整天独自坐在地上，听着来往的人们的对话，看着生命的来去与流逝。有时附近的邻居会过来帮忙看顾谢姬拉，让我出去找煮饭的柴火，并把搬回家的木柴堆在屋旁。有时候还能帮外出送木条的店主看店而赚到一两块派萨①——够买一根棒棒糖了。店主有时会要我帮忙在店前的围篱边堆起木条，但我多数时间就是自己坐在院子里。我们家没有电视机或收音机，也没有书籍或者报纸，不过反正我也看不

---

① 印度和巴基斯坦辅币。

懂。我就是以最简单、最基本的形式活着。

　　一家人的饮食也很简单，就是烤饼、米饭和豆泥糊，运气好的时候，还可以加点蔬菜。当地有种植水果的果农，但水果属于奢侈品，大部分都要拿去卖钱。附近能让我们偷水果的树不多，水果树就跟镇上的菜园一样，都有专人看守。不管怎么样，反正我早就已经学会如何与无所不在的饥饿共存。

　　每到下午，我就可以出去跟刚下课的学生玩耍。有时我们会一起去光秃秃的土地上，看看能找到什么东西，或在那里玩板球。我也喜欢追着蝴蝶跑，或者在天色暗下来之后追逐萤火虫。放风筝是另一项我们很喜欢的活动。风筝的样式很简单，只需要竹棍和纸张就可以做出来，但要有个基本款式的风筝也得花点钱，所以如果我想要个风筝，我就会去附近的树上找一找，看有没有谁的风筝卡在树上拿不下来，然后不管多危险，我都会直接爬上去将风筝拿下来。有时也会举办风筝比赛，我会在风筝的线上粘上沙子，借此增加摩擦力，好在比赛时可以割断其他风筝的线。小孩们也玩弹珠，但同样地，你得有钱才玩得起。

　　可能因为我们的邻居都来来去去，也可能是我当时还不懂社会上普遍存在的不信任感，我童年时并没有亲近的朋友，所以，多数时候，我都跟我最崇拜的哥哥们在一起。

稍微长大一点后，我可以出门的时间更多了，也能够跟住得比较远的小朋友们一起玩耍。有时候，我如果知道可以出门且谢姬拉自己在家不会有事，就会暂时将她独自留在家中——我知道这在西方国家是违法的，但在我的家乡，只要父母有事情，把小孩独自留在家中是很普遍的情况；何况我也常被单独留在家里，因此把谢姬拉留下，我是毫无罪恶感可言的。

跟所有的小孩一样，一开始我只敢在家附近玩儿，只要一有麻烦，立刻就能钻进这条或那条巷子，转个弯就到家了。不过渐渐地，我也会跑到远处的地方去探索，或者和两个哥哥走很远，到镇外水坝下方的河流旁看渔夫撒网捕鱼。

此时的古杜和卡鲁分别约十一岁和八岁，待在家里的时间越来越少，一周看不到他们两三次。他们靠自己的机智谋生，翻遍街上的每个角落，搜罗出能维持生计的食物与物品，晚上就睡在火车站里，有时能靠帮忙打扫车站换取食物或钱。他们俩多数时候会待在其他镇上，离我们家要坐好几站火车，大约需要一个小时的车程，他们说加尼斯塔雷已经不太好讨生活，所以他们会到一个听起来叫作"贝拉玛普"的镇上——我不太确定这名字——说那里比较容易获到钱和食物。他们也在那里交到了新的朋友，这些人经常一起跳火车。

大概在我四五岁的时候，哥哥偶尔会带我一起出门。若遇上火车司机查票，我们就跳下车，然后跳上另一辆火车。在抵达贝拉玛普前要经过几个非常小的车站——那种鸡不生蛋、鸟不拉屎的地方就只有月台——位于郊区的贝拉玛普火车站比加尼斯塔雷的还小。但哥哥们最远只让我到那里，因为害怕我迷路，也不让我进城。因此哥哥们工作时，我就待在月台上，然后等他们一起回家。尽管没有食物，我们却非常自由。这一点，我们都很喜欢。

五岁时的一个晚上，在街上玩耍一整天的我，回到家时已经累得精疲力尽，但是当我看到我们一家人几乎全员到齐，可以聚在一起吃晚饭时，我又兴奋了起来。在外地工作的母亲回家了，连古杜也反常地回来看我们，而卡鲁是唯一一个不在的。

那天晚上，我们一家四口一起用餐，古杜在家里待了将近一个小时。古杜年纪最大，也是我最崇拜的人。他已经有很长一段时间没有回过家了，我很想念跟他和卡鲁相聚的时光。那时我觉得自己已经长大，哥哥在外打拼时，我不见得得乖乖留在家里等待他们回来。

晚饭后，母亲又出去了，大概是要看看能不能找出更多食物。古杜说他要离开，回贝拉玛普去。跟往常一样，我一想到又得像个小孩子一样留在家里无所事事，心里非常失落。我跳起来说："我要跟你去！"当时已经是傍晚，如果我跟他走，那天晚上他应该是不太可能再把我送回家的，那么我们就得待在一起。没想到他考虑片刻后，竟然点头同意了。我乐坏了！我们留下坐在地上的谢姬拉，在母亲回来之前动身离开。有哥哥的照顾，她应该不会太担心。

古杜踩着租来的自行车，载着我穿梭在宁静的街道上向火车站前进，自行车在夜色中疾驰着，坐在自行车上的我开怀大笑。还有什么比这更棒的事情？之前我虽然会和哥哥一起出门，但那天晚上不一样——我跟古杜一起离开完全不在计划内。就跟他和卡鲁平常的习惯一样，我们不知道何时会回家，也不知道当晚要睡在哪里，更不知道他会让我在他身边待多久，但在我们飞速穿越街道的时候，我什么都不在意了。

我依然清楚地记得坐在古杜自行车上的时光。我坐在自行车横杆上，双脚搁置在前轮轴两侧。那段路崎岖不平，路面到处坑坑洼洼的，但我一点都不介意。夜色中飞舞着许多萤火虫，我们从追逐萤火虫的孩子们身边经过时，有个男孩大喊：

"嘿！古杜！"但我们一刻也没停留。我很佩服古杜如此熟悉镇上的大街小巷，有一次我搭乘火车时还听到别人谈论他——我想他肯定很出名。我们得小心注意在夜色中的街道上行走的人，尤其是在要穿越低矮的铁道桥下时。一段时间后，古杜可能因为骑车载着我太累了，他说接下来我们得走路。因此，我跳下自行车，他则沿着主干道，一路把自行车推到了火车站，途中我们还经过了繁忙的茶贩摊。快到车站入口时，古杜把自行车藏在茂密的树丛后，带着我步行穿过天桥，等待下一列火车到来。

当火车在刺耳的刹车声中停稳后，我们迅速冲上了火车，以最舒服的姿势靠在硬木座椅上休息。当时时间已经很晚，我觉得很困，冒险的乐趣也渐渐消失，我将头枕在古杜的肩膀上休息。火车重新启动，缓缓地驶出了站台，离目的地还有大约一个小时的车程。我不知道古杜是否后悔带我出门，但是我心里却浮现出一股罪恶感：母亲外出工作时需要我帮忙照顾谢姬拉，但我不知道自己这次要多久才能回家。

在贝拉玛普下车后，我已经累坏了，整个人瘫坐在月台的木头长椅上，嚷着要休息，否则我走不动了。古杜说没关系，反正他还有些事情要办。"你坐在这里别乱跑，我一会儿就回来,然后我们去找今天晚上睡觉的地方。"他大概是要去寻找食物,或看看月台上有没有旅客遗落的零钱。我闭上眼睛躺下后,肯定是立刻睡着了。

再醒来时,周围非常安静,整个车站里空无一人。睡眼惺忪的我四处张望寻找古杜的身影,却没有在任何地方看见他。我们下车的月台旁停着一列火车,车门开着,我不知道那是否跟我们先前乘坐的是同一列火车,也不知道自己睡了多久。

后来的日子里,我时常会想这个问题,当时我到底在想什么?我在夜里从半睡半醒中醒来,发现只有自己一个人,却一点也不紧张。我的脑子里一片混乱,古杜虽然不在身边,但他说过不会走远的——或许他已经上车了?我拖着慵懒的脚步走了过去,爬上登车梯想上车去一探究竟。我记得当时看到有些人在车上睡觉,我赶紧下了车,免得他们醒来叫火车司机来抓我。古杜叫我别乱跑,他可能正在其他车厢里工作,打扫座椅下的垃圾。如果我又在黑暗的月台上睡着,万一火车开走了,只留下我一个人该怎么办?

我到其他车厢里寻找古杜,一个人也没发现。我心想,车厢里空荡荡的木头长椅肯定比安静的车站里的更舒服、更安全——古杜应该很快就会笑着找到我,或许还会带着他打扫时发现的战利品犒赏我一番,加上这里面还有许多伸展空间,没多久,我又在车厢里安稳地睡着了。

这次我肯定睡得很好,醒来时天已经大亮了,阳光照进我的眼睛里。然后,我猛然意识到,火车正在前进——它在车轮和铁轨传来的摩擦声中平稳地向前行驶着。

我立刻跳起来,车厢里依然空无一人,装有铁栏的窗户外的景色迅速变化着,我还是看不到哥哥。在一辆急速行驶的火车上,完全没人打扰一个熟睡的小男孩。

下等车厢之间的门并没有相通,旅客只能从两端的车门上下车。我连忙跑到车厢尽头,试图打开车门,发现它们都被锁上了,纹丝不动。我又跑到了车厢另一端,那里的车门也一样被锁上了。

当我意识到自己被困住后,那种袭上心头的恐惧带来的寒意,时至今日我依然记得——那是一种集脆弱、激动与不可置信于一身的情绪。我尖叫、拍打玻璃、哭闹、咒骂……我记不清自己当时到底做了什么。我简直要疯了一样,心脏快速跳动着。我看不懂车厢里的任何标语,能看懂的话,说不定就能知道火车要开往何处,或者知道该如何脱困。我在车厢里狂奔,连椅子下面都翻找过,想看看会不会还有其他人也睡在里面。但车厢里只有我，我只能不停地跑来跑去，呼喊着哥哥的名字，求他赶快出现来找我。我哭喊着要找妈妈、找哥哥卡鲁，尽管我喊得声嘶力竭，车厢里就是没人回应，火车也没有因此停下。

我不知道自己身在何处。

慢慢地，我发现眼前茫然无措的处境让我感到前所未有的害怕，整个人缩成一团蜷缩在椅子上，想借此给自己带来安全感。有很长一段时间，我不是在哭，就是静静地、呆若木鸡地坐着。

在飞驰的空荡车厢里呆坐了好几个小时之后，我鼓起勇气向窗外望去，想看看是否能认出一些地标。车窗外的世界看起来跟我的家乡很像，但却没有特别明显的特征。我不知道自己在哪里，可以肯定的是，我现在所在位置肯定比之前经过的地方离家更远。我已经离家非常远了。

我进入了某种类似冬眠的状态——我想，经过这段时间，试图理清究竟发生了什么事已经让我精疲力尽，我身体的系统好像自动关闭了。我哭一会儿睡一会儿，有时则看看窗外发呆。车厢里没有食物，但后面肮脏的厕所里的水龙头有水可以喝，排便孔还可以直接看到下方的铁轨。

有一次，我醒来后发现火车停了下来——火车停靠在车站里。我整个人精神为之一振，心想我可以引起月台上某个旅客的注意，但昏暗的月台上连一个人影儿都没有，而且我还是无法打开车门。过了一会儿，火车猛地一颠，又开始动了，我崩溃地拍打着车门，尖叫着。

最后，我放弃了。

一个人不可能永远处于极度焦虑和恐惧的状态中。从那之后，我大概能理解人类为什么会哭泣——因为身体在处理一些内心无法承受、难以调节的情绪时，哭泣便能发挥出很大作用。现在，我让身体的自然反应去处理情绪，令人惊讶的是，我感觉稍微好了一点。我被这次的经历弄得精疲力尽，迷迷糊糊地半睡半醒着。现在回想起来，独自一个人被困住的恐惧，不知道自己身在何处，也不知道自己要去哪里，简直就像一场噩梦一样。我依稀记得一些简单的片段——我在窗边醒来，在时睡时醒间惊恐地蜷缩着。我想火车应该进过几个车站，但是车门始终都没有打开过，也没人发现我。

随着时间流逝，以前我在家乡探索周边环境的韧性又再度重现。我开始思考，万一无法自己脱困，我就得等别人来放我出去，然后再想办法找到回家的路。哥哥们会怎么做，我就怎么做。他们每次一出门就是好几天，所以我也可以。他们教过我如何找地方睡觉，既然我之前能照顾自己，现在只要能找到需要的东西，我就能活下去，去乞求也没关系。或许，这辆火车能把我带离家乡，也就能带我回去。我坐在车内望向窗外，试图让脑海里的思绪停留在眼前的景色上，不再想其他事情。我麻木地看着眼前的变化。

渐渐地，外面出现了我前所未见的绿油油的乡村景色，放眼望去尽是苍翠繁茂的田野，高耸的树干上绿叶茂密且毫无杂枝。阳光从云层后方洒落，万物呈现闪闪发亮的鲜绿色。我看到有猴子从铁道旁交错的矮树丛中窜过，还有颜色鲜艳美丽的鸟儿。这里到处都有水——河流、湖泊、池塘和田野。对我而言，这是一个全新的世界，就连当地人看起来都和我家乡的人有点不一样。

过了一会儿，火车又经过几个小镇，我看到孩子们在铁道旁玩耍，他们的母亲有些在煮饭，有些在后面弯着腰洗衣服，似乎没人注意到一旁驶过的火车窗后有个落单的小男孩。这些城镇越变越大，距离也越来越密集，接着田野不再出现，也没有开阔的乡村景色，只有越来越多的房屋，一条又一条的街道巷弄、大马路、汽车和三轮车，还有许多比家乡建筑还大上许多的大型建筑，满街的公交车和卡车，还有其他铁道上行驶的火车。到处都是人，除了人还是人，我这辈子都没见过那么多人,也真的很难想象,一个地方怎么能住这么多人?

火车终于开始减速,我知道肯定又要靠站了。我的旅途会在这里画下句点吗?火车慢慢地滑行进站,在几乎静止时突然一阵急刹,所有东西戛然而止。我睁大眼睛,隔着栅栏凝视着窗外的世界,看到月台上人头攒动,许多人高举行李、拼命地往前挤。到处都是行色匆匆的人,放眼望去至少有几百人,甚至可能有数千人。突然间,车厢门打开了。我想都没想就直接在走道上狂奔,然后跳到了月台上。至少我自由了。

直到我在霍巴特的爸妈指着地图跟我解说,我才知道自己到底经过了哪些城市。但就算能说出那些地名,这些文字对我也毫无意义——因为我根本没听过这些地方。最后,我到了一座叫加尔各答的城市,这座百万人口的大城市以人口过剩、污染和极度的贫困而闻名,也是世界上最恐怖和最危险的城市之一。

我光着脚,穿着一条肮脏的黑色短裤和一件扣子快掉光的白色短袖衬衫,可以说除了身上的衣服外,我一无所有。我没有钱、没有食物,连任何可以证明身份的证件都没有。我有点饿,但反正也很习惯了,这对我来说不是什么大问题。我真正迫切需要的是旁人的援手。

我很高兴终于能从车厢里脱困,但眼前的大车站和密密麻麻的人群让我十分不安。说起来有点疯狂，我当时的反应竟是四处张望，看看身边的人潮中会不会出现古杜来解救我的身影，仿佛他也跟我一样被困在火车里似的。在看不到熟悉的脸孔后，我整个人都傻了，不知道该去哪里、该做什么，只能跟着人潮前进。我大喊："加尼斯塔雷？贝拉玛普？"希望有人能告诉我该如何才能回到那里，但匆忙的人流中根本没人理我。

载我来的火车再度驶离，不过我压根儿没注意到。就算我看见了，被困住那么长时间的我应该也不会想再跳上车。我吓得不知如何是好，怕自己乱走只会让事情越变越糟，于是就一直待在月台上，偶尔喊两声："贝拉玛普？"

我身旁围绕着令人困惑的声音，有些人不断地大喊别人的名字，或者抱在一起说些我难以理解的话——我完全听不懂任何人说的任何话。大部分时候人们都非常忙碌，匆忙推挤着上下车，想赶快前往该去的地方，却几乎是寸步难行。

偶尔，会有一两个人停下来听我讲话，但我只会说："火车，加尼斯塔雷？"大部分的人听不懂，只能摇头离开。其中有一名男子问我："加尼斯塔雷是哪里？"我不懂他的意思——因为对我而言，那里就是家……我要如何解释这个地方在哪里呢？他皱起眉头继续前进。火车站里有许多孩子在乞讨，或者在火车站附近流连徘徊，看看能不能找到什么东西，就跟我哥哥在家乡时做的事情一样。我只不过是另一个穷小孩，哭喊着没人听得懂的话，甚至因为个子太小，根本没人会停下来听我说话。

我本能地避开警察，怕他们会把我关起来，就跟他们之前对待古杜一样。古杜之前因为在火车站贩卖盥洗包而被警察关进监狱，在里面待了三天后，我们才打听到他的下落。我们对火车司机、警察以及任何穿制服的人都是避之唯恐不及的，因此，我从没想过要找这些人帮忙。

即便在人潮散去后，我依然待在月台上，依然没人注意到我的存在，我就在月台上睡睡醒醒，根本无法移动或思考接下来该怎么办。大概是到了第二天，疲惫落魄的我只能放弃寻求帮助。火车站里的人对我而言不是人，只是一种让我感到无能为力的庞然大物，就跟河流与天空没两样。

我只知道，如果火车能拉我过来，就能拉我回去。在家乡时，只要跳下车到月台对面去搭车，就能回到起点。但我发现，这一站是火车的终点站，是所有车辆汇聚停止之处，是所有火车掉头返回起点的地方。如果没人告诉我火车要开往哪里，那我就自己找。

因此我跳到月台旁刚抵达的另一列火车上，但事情能如我想象的那样简单吗？就在火车驶离时，我回头看了一眼车站——那是一栋巨大的红色建筑，有许多牌楼和塔楼，是我见过最大的建筑物了。我惊叹于建筑物的雄伟，但也希望能永远不要再重返此地，希望从此摆脱车站里拥挤的人群。然而，约莫过了一个小时后，火车已经到了位于城市郊区的终点站，随后换轨又回到那座巨大的火车站。

我又跳上另一辆火车，接着同样的事情又发生了。或许我需要到另一个月台上去搭乘火车？这个火车站的月台数量比我家乡火车站的还多，而且每个月台旁似乎都停着不同的火车——有的火车有许多包厢，还有乘务员协助乘客登车，但也有车厢里摆放着一排排的长椅的火车，车厢里挤满人群，就跟把我拉到这里来的火车一样。火车数量也很惊人，我相信其中一列肯定能将我送回到原来的地方——我只要不停尝试就好。

而我也这么做了——天天搭乘不同的火车离开一座座城市。

我选择只在白天搭乘火车移动，希望这样可以让我避免又被反锁在车厢里。一开始，我总是充满希望地看着每段旅程中的景色，心里想着：没错，这应该就是回家的路，我之前曾看到过这些建筑和树木……结果，有时火车抵达终点站后又再度驶回起点，有时就停在终点站，我就得困在那陌生且空荡的车厢里，等到第二天火车才会再度往回走。如果夜色降临，我会在抵达终点站前提早下车。在这种情况下，我会爬进火车站的椅子下瑟缩取暖，也不会轻易被发现。幸好天气始终不太冷。

我靠着从地上捡来的食物为生，诸如旅客掉落的花生，或是没吃完的玉米等，所幸要找到自来水并不难，这一切跟我之前的生活方式并无太大区别，尽管陌生的环境难免会让我感到害怕和难过，但我知道应该如何应对，我想我的身体机制也已经习惯了。我在学习如何靠自己活下去。

我穿梭在不同的月台，来来回回不停地搭车，尝试每一条不同的路线——有时我能认出某些事物，然后意识到自己之前已经试过这条路线——但最终我都是回到原点，哪里也没去成。

在所有的旅程中，没人找我查票。当然，我也会避开有司机的列车，就跟在家乡时一样：只要我能上车，就不会有人怀疑我逃票了。如果当时有工作人员拦下我，或许我就会鼓起勇气寻求协助，只可惜从没有人拦过我。有一次，一名乘务员意识到我迷路了，却因为无法清楚地说明自己的处境，他显然就不愿意再帮我了。成人的世界离我不远，我得继续尝试自己解决问题。

经过一段时间后（可能有好几周了），我逐渐失去信心。我的家就在远方的某处，但这里没有一列火车能将我拉回去。

或许有某些复杂机制是我没想到的。关于车站外面的世界，我都是在抵达或离站的火车玻璃窗内看到的。或许外面有人能帮助我，指引我回家的方向，甚至给我一点食物。

现在我已经越来越熟悉这座错综复杂的红色车站。我觉得这是我和家乡之间唯一真实的联结，而大批来往进出的人群只会吓坏我。每当我开启新的旅程、到达一处全新且陌生的地方后，我就很庆幸自己能再回到这座大车站里，因为至少我知道自己能去哪里、在何处睡觉，甚至到哪里能找到食物。当然，我还是想找到自己的母亲，这是最重要的，但我也得调整、适应在车站里的生活。

我注意到有一群小孩聚集在特定月台的尽头，他们晚上总是一起裹着旧毛毯睡觉，似乎跟我一样无处可去，但却不必躲在椅子底下或车厢里。我一直观察他们，他们或许也注意到我了，只是对我的存在一点也不感兴趣。我没有勇气接近他们，找不到家的无力感也让我难以信任其他人。大人显然毫无帮助可言，或许其他小孩能帮帮我？至少他们应该可以让我待在附近，跟一群孩子在一起可能比较安全。

这群小孩并不欢迎我，但是我躺在附近的硬木椅上、以手为枕休息时，他们也不会追着我打。街上没有大人陪伴、独自游走的孩子很多，因此多一个我也不会有人觉得奇怪。一整天搭车奔波，我已经累坏了，却也小小松了口气，因为我知道隔天又是另一个新的开始；离这群小孩近一点，我比较有安全感，因此也就迅速入睡。

只是没过多久，困倦的我就被一阵声音吵醒了。一开始我以为自己是在做噩梦，听到一个年轻的声音尖叫着，说："走开，放我走！"接着传来越来越多的叫嚣声，声音有年轻、有年长的，在车站昏暗的灯光下，我隐约听见有个男人大声说："你得跟我走！"接着有个孩子毫不犹豫地大喊："快跑！"于是我跟着跳起来，知道这不是梦。

我还没搞清楚状况，只见孩子们一个个被大人领走，还有个小女孩在月台边跟一名男子拉扯。我没命似的拔腿狂奔，冲向另一个没有灯光的月台一跃而下，沿着轨道前进，隐没在夜色之中。

我沿着一面大墙漫无目的地狂奔，不停回头看看后面是否有人追来。即便我觉得后面没人，也没有放慢速度。我不知道车站里发生了什么事情，为什么这些人要抓小孩？我只知道自己不能被抓。

然而前方也不见得比较安全。随着轨道右转，眼前出现刺眼的车灯光束，迎面对上疾驶而来的火车。我连忙往旁边跳开，火车发出震耳欲聋的隆隆声响，几乎是擦着我的身子驶过的。火车通过的时间犹如永恒般漫长，我必须侧脸紧贴墙壁，以免撞上车厢壁上出现的任何凸出物。

火车通过后，我终于有机会可以稍稍缓缓神、喘口气。虽然我被这座新城市的危险性吓坏了，但是却也靠自己生存了这么长一段时间。我想，当一个五岁小孩的好处就是不会多想那天晚上其他孩子究竟发生了什么事？或者那代表什么？我唯一想的，就是如何避免让自己陷入麻烦。除了继续走下去，我还有什么选择？

我沿着铁道前进，但更加小心了。遇到马路时，就不得不离开铁道了，这是我离家后第一次踏上火车站以外的土地。道路上非常繁忙，但感觉比某些未知的地方更安全。我走到一条大河的岸边，河面上有一座大桥，在灰色的天空下更显得昏暗，我清楚记得那画面所带给我的震撼。我隔着火车车窗看到不少桥梁，统统都比家乡的小桥——就在我和哥哥经常玩耍的小河上——大上许多。透过河岸边密集的摊位间隙，我看见宽广的河面上满是忙碌的船只。宏伟的桥梁结构横跨河面，桥旁的人行道上挤满了成群的行人，桥上则是大量嘈杂且前进速度缓慢的自行车、摩托车、汽车和卡车。对来自小村庄的小男孩而言，眼前的景象足以让人目瞪口呆。这里到底有多少人？这里是不是全世界最大的地方？离开车站后，眼前开阔的城市景象让我更加茫然了。

我被眼前景象规模之大所震慑，在街上待了好一会儿，我想应该没人会注意我，却仍不免担心被某些人盯上，例如那晚在车站抓小孩的男人，也不知道这些人是否还紧追在后。这些想法让我鼓起勇气穿过摊贩和一些大型建筑，朝河岸边走去。通过茂盛大树下陡峭且长满杂草的斜坡，很快就能抵达泥泞的河岸边，这里平时有很多人活动：有人在河里洗澡，附近浅滩处有人在清洗锅碗瓢盆，有人生起小火，还有搬运工把各式各样的物品从又低又长的船上往岸边送。

在家时，我是个不折不扣的好奇宝宝——我可以独自出门后，就很少固定待在同一个地方。我一直希望能看看下一个转角处有什么新鲜事，这也是我渴望能过哥哥们过的那种生活，独立在外求生的原因，而这也是那晚我会迅速选择与古杜一起离开家的原因。但迷失在大火车站，在让人不安的大城市里不知何去何从的情况下，当初的冲动已经消失得无影无踪，想到家乡熟悉的街道就让我心痛，也让我重新思考自己是不是离开熟悉的地方太远了。

我挣扎着想，我到底该回到车站或者封闭且令人茫然的街道上，抑或是继续向前在陌生但开阔的河岸边探索。我望着不同的方向，看见了这座城市的不同面貌。一整天的探索已经让我精疲力竭，再加上缺乏食物和睡眠，我站在路边，不知道接下来该怎么办才好。我刻意在某些食物摊旁游荡，想碰碰运气，看有没有人愿意分点食物给我，但无一例外，大家都赶我离开他们身边。

最后，我在河岸边又走了一会儿，看到一群人在睡觉。我想这些人应该跟家乡的苦行僧一样吧，不过他们不像巴巴有自己的寺院——我家乡的巴巴穿着白色长衫和裤子，跟附近许多邻居没两样。但河岸边的这些人都光着脚，身穿藏红色长袍、戴着念珠，当中有些人长得很恐怖，盘着一头藏污纳垢的长发，脸上涂得又红又白。他们跟我一样住在街上，全身脏兮兮的。我平常都会尽量避开大人，但这群苦行僧应该不会伤害我吧？我在这群人附近缩成一团并以手为枕。

不知道过了多久，白天悄悄来临，苦行僧全都离开了，只剩下我独自一人。太阳高挂空中，身边人来人往，我顺利度过了在加尔各答街头的第一个夜晚。

## 想生存，就得学会相信直觉

  我还是一如往常般的饿着肚子，但跟前几天在红色的大车站里相比，在宽广的河岸边找到食物的可能性高了许多。摊贩对待孩童乞食的态度似乎也不同。

  我沿着岸边前进，心想或许能找到有人正在煮东西。白天视野更清楚了，这真是我见过最大的一条河流，但也更加浑浊恶臭：河面上漂着成排的动物死尸、人类的排泄物和各种脏东西。就在我独自沿着河岸前进时，简直吓坏了——岸边成堆的垃圾上躺着两具尸体,一具被割断了喉咙,另一具没有了耳朵。以前我在家乡也见过尸体,但人们都会以尊重亡者的方式来处理,从没见过任何尸体暴露在外。在这里,即便死者看起来会受到暴力破坏,众人看待已死之人的态度依然跟看路上其他死去的动物没两样。尸体暴露在太阳下,周围布满苍蝇之外,显然还得遭受鼠类啃噬。

眼前的景象让我感到恶心,但最让我难以承受的是,这画面证实了我心中的感觉:在这座城市里,每一天都是生死攸关的。处处充满危险,就连身边的人也是——有抢匪、有拐走小孩的坏人,甚至有杀手。空气中弥漫着各种恐惧,这就是两个哥哥每次出门所要面对的世界吗?这也是为什么他们从不愿意让我跟着一起出门的原因吗?古杜在火车站时到底发生了什么事?他到底去了哪里?为什么我醒来后找不到他?他是否也在一处类似的地方寻找我呢?我的家人会怎么想?他们是否在找我?还是以为我死了、离开了、从此消失了?

虽然我很想找到母亲、找到古杜、找到家人,回到他们的照顾和保护伞之下,但我知道想达成愿望,我就得坚强起来;否则,我可能会从此消失在这宽广的河岸边、污浊的河流里,甚至死亡。我知道我必须靠自己,我得振作起来。

我转身向桥边走去，走下通往河边的石阶。河边有些人在洗澡，有些人在洗衣服，而街上的脏水和垃圾就从阶梯旁石砌的宽排水沟流入河中。孩童们在水中玩耍、泼水和嬉闹，我也过去加入其中。现在回想起来，我也觉得很不可思议——就跟许多初来乍到印度的游客一样——难以想象有人会在这种像是臭水沟、还满是尸体的河流中洗涤物品或洗澡，但当时我压根没多想就跳了下去。对当时的我而言，那只是一条河流，一条充满各种物品的河流，也是一处我即将发现人性中的仁慈与善良的地方。

其他孩子们似乎很快就接受了我的加入，我们一起在水里玩耍，也算暂时在炙热的天气里稍稍得到舒缓。有些孩子非常有自信，从岸边阶梯一跃跳入河中，但我只敢走到水深及膝的地方——虽然哥哥曾在家乡水坝下的河流中教我游泳，但我还没完全抓到要领。除了雨季外，家乡的河流充其量只是一条可以让孩子们放心玩耍的平静小溪。不过我很喜欢待在水里的感觉，而且从未像今天这样喜欢——能再度单纯地当个小孩，跟其他孩子们一起玩耍的感觉真是太棒了。

傍晚，其他孩子都回家后，我独自坐在岸边阶梯上，希望这一天不要结束。这条河流总是出人意料、充满惊喜，今天肯定在涨潮，但我没注意到，所以再次跳进早先还算安全的地方时，发现自己正处在深水区，整个人都被淹没了。我被水面下的强劲暗流拉离了岸边，我没命似的疯狂踢水，好不容易从河底浮到水面上吸了一口气，又迅速被河水往下拉，下一秒我已经连河底都踩不到了，我溺水了。

接着，我听到附近传来打水声，然后有人把我拉出水面、拖往岸边的阶梯。我坐在岸边不断地咳嗽，咳出喝进去的污浊的脏水。有个无家可归的流浪汉适时从排水沟跳入河中救了我，将我从水里拉了出来，然后他默默地走上阶梯，往堤防边走去。我猜他就住在那里吧。

或许这个陌生人的善行降低了我的戒心，也或许我毕竟只是个五岁的孩子，因此隔天再到河里游泳时，竟然蠢到又被涨潮时的强劲暗流困住、陷入危险。让人讶异的是，又是那个流浪汉救了我——也许当我再次出现在河边时，他就已经注意到我了。而且这次还有许多人看到他把我拉上阶梯，我咳出更多河水。我们身边围了一群人，我感觉得到，他们认为是上帝在眷顾我，我命不该绝。

或许是被太多人包围，我觉得很不好意思，也可能是因为自己两度溺水感到羞愧或恼怒，我连忙起身，加快脚步迅速跑开了。我沿着河岸狂奔，直到跑不动为止，然后发誓从此远离河边。

那个流浪汉救了我不止一次,但我好像还没对他说过谢谢。他是我的守护天使。

为了避开人群,我远离熟悉的区域后,夜色已然降临。时间已经太晚,我没办法在天完全黑下来之前再回到熟悉的岸边,因此得尽快在附近找到今晚睡觉的地方。我找到一处像是废弃工厂的地方,工厂建筑投下的暗影里有成堆的垃圾。精疲力竭的我捡到一块纸板,直接就铺在垃圾堆后面躺下准备睡觉。那里的味道很臭,但我也习惯了,至少眼不见为净。

当天晚上,我被附近路灯下野狗凄厉的吠声惊醒。我一手紧握石头,一旁还有一堆石头触手可得,结果我大概是维持着这种姿势又睡着了。隔天醒来,火辣的阳光照在脸上,手里的石头还在,但野狗已不见踪影。

没多久,我熟悉了火车站附近的环境,包括可以觅食的商店或小贩的摊位。这些商店传来的香味令人难以抗拒:芒果、西瓜、油炸品,还有甜点摊上的玫瑰炸糕和甜奶球[①]。放眼望

---

① laddus,一种印度传统甜点。

去，所有人都在吃东西——有一群男子边吃花生边聊天，有些人在喝茶，共享着一小串葡萄。饥饿感再度袭来，我只得到每间店里去乞食。大部分的店家会把我赶走，因为附近也有五六个跟我一样的小孩徘徊不去——像我们这样的小孩已经多到难以让人同情。

我只能看着别人吃东西——这些人跟我的家人一样穷，所以也不会留下什么好东西，但至少可能会掉下一点食物，或者是没有完全吃完剩下点东西。因为街上没有垃圾桶，如果吃完东西，大家就会随手将垃圾扔在地上。我开始懂得如何判断哪些东西可以放心吃，就跟以前在家乡时，我跟哥哥们会在月台上寻找食物一样。像油炸的三角饺，只要拍掉上面的灰尘就可以放心吃，但这种东西很珍贵，总得赶在其他搜刮食物的孩子们发现前，赶紧一把抓走。

大部分时候，我都是靠着别人容易掉落的食物为生，像是花生或综合果豆辣脆条（里面有脱水的鹰嘴豆和扁豆）。有时候我也能抢到一点薄饼。即便是别人剩下的食物，大家也都会拼命去抢，而多数时候我都是被粗暴地推倒在旁边，甚至还可能会被揍几拳。孩子们抢食物的情景跟一群野狗抢食一根骨头的画面没两样。

尽管我大多数时候都会选择在火车站附近或河边睡觉，但是我也开始探索周边的其他街道。可能是游荡时的自然反应，但我四处探索的动力，是希望转个弯就能发现食物、找到其他孩子们还没发现的食物资源——好心的摊贩或是市场里过期扔掉的食物。如此大的城市总是充满各种可能性。

充满可能性的同时，也充满着危险。有一次，我发现自己身处的地方一边是摇摇欲坠的房屋，一边是用竹子和生锈的铁皮搭建而成的棚屋，空气中弥漫着动物尸体的腐臭味，味道难闻至极。我意识到周围的人都在用奇怪的眼神盯着我看，仿佛我没有资格出现在此处似的。接着出现了一群年纪比我大的男孩，个个抽着用树叶卷成的香烟。我开始感到不安，他们盯着我看的同时，我停下了脚步。

有个男孩手里拿着香烟朝我走来，大声对我说话，然后他的同伴们都放声大笑。他说的话我一个字也听不懂，只能傻傻站在原地，不知该做出怎样的反应。接着他大步向前，一巴掌打了过来，打了我两下，口中说着一些我完全听不懂的话。我吓傻了，然后开始哭，他又用力地打我，我只能跌坐在地上不停地哭泣，但旁边的男孩们却笑得更开心了。

我意识到情况只会越变越糟，得想办法脱身才行。我打起精神站起来，转身以稳定的步伐离开，就像你看到危险的野狗出没时的反应一样，当时我的脸颊还是一阵阵火辣辣的刺痛。我以为，或许我表现出无意待在他们的地盘，这些人就不会管我了。但他们并没有如我希望的那样，反而开始追赶我，我只好拔腿就跑。泪水不断地从我脸颊滑落，在我钻进两栋建筑物中间的窄缝里脱身的同时，我感觉到其中一个男孩朝我丢石头，打中了我的手臂。

我钻进窄缝中，逃进了一处封闭的院子里，看不到任何可以逃走的出口，而男孩子们就在另一头叫嚣着。我的脚下是一大片垃圾，成堆地堆高到远处的墙边上——或许我可以爬上垃圾堆翻墙逃走。就在我穿过院子的同时，那群男孩从另一处我没察觉的出入口跑来。他们从生锈的垃圾桶内不断地掏出东西疯狂砸向我，带头者还冲着我怒吼。接着，第一个玻璃瓶从天而降，砸在我背后的墙上，然后越来越多的瓶子在我身边炸开——他们打中我只是迟早的事情。我跟跄地逃到垃圾堆旁，满心期望这堆垃圾能承受我的体重。我头也不回地拼命往墙上爬，沿着围墙跑，祈祷那群男孩别追上来。瓶子不断砸在我脚下的墙壁上，有些还从我腿边擦过。

看我逃跑的样子就够让那群混混儿开心了，或许他们只想把我赶出他们的地盘，让我滚得越远越好，他们也不会继续追了。不久，我发现一户人家的后院墙边摆着一架竹梯，我爬过围墙，穿过那间房子，从前门离开，还经过了一个带着宝宝的妇女，她似乎没注意到我从她身边跑过，而我也一心只想赶紧回到远处若隐若现的桥边。

不管是在河边游荡还是寻找食物的时候，我都会找一处安全的地方休息。有时我会回到之前睡觉的地方，但如果位置已经被别人占了，我就会找其他地方休息。有时我的运气会很好，但因为睡得不好，精神时时处于紧绷的状态下，我总是觉得很累。

有一天傍晚，我在河岸找了一个地方休息，发现自己第一次躺在巨大的桥梁结构下方。在桥底下的我，看到几处用木头搭建的平台，上面摆着椰子片、硬币，还有图像和小佛像。我认得那尊佛像是难近母①，是摩诃提毗（Mahadevi）的武士

---

① Durga，现代中文发音为"杜尔迦"，印度教女神，性力派的重要崇拜对象。在传统意义上，被认为是湿婆之妻雪山神女的两个凶相化身之一。

相化身，通常都是骑坐在老虎上，有许多手臂，手中拿着各种武器，传说是用来打败妖魔鬼怪的。在赤土烛光之下，难近母呈现愤怒相，但黑暗中身边摇曳着的微弱烛光也带给我些许安慰，我就坐在桥下望向河边。肚子饿的时候，眼前的祭品看起来就十分诱人——我吃了一点水果和椰子，还拿走了一些零钱。

我不想离开此地，觉得自己在这里可以过得很好。在成排的神龛旁的水面上，有木板搭起的平台高架。我检查过，这些木板非常牢靠稳固，于是就爬了上去。我觉得自己身处在非常神圣的地方，人们都会到这里向神明祈祷，在结实的硬木平台上聆听底下的流水声时，我想起了家人，不知道他们现在过得好不好？他们肯定也在想我现在究竟过得如何吧？

但就我所记得的，相较于刚抵达时的心情，我现在的感觉平缓了很多，也不再那么痛苦，但回家的欲望却更加强烈。即便家还是一样，但我却不同了。我非常渴望回家，却没让自己完全陷入这种情绪里。我没有放弃回家的希望，但更专注于如何求生、如何度过这段日子。比起那个找不到的家，我更清楚活在当下的重要性。那个家——那个我遗失的家——感觉更遥远了。或许在某种程度上，我觉得此刻桥下才是我的家，至少当时是如此。

第二天早上醒来，我看到有一名穿着藏红色长袍、长相粗犷的男子在我附近打坐，看起来像个苦行僧。不久，陆续有人加入打坐行列，有些人腰部以上都没穿衣服，有些人挂着挂着装饰过的拐杖走来。我知道自己睡在他们的地方，还拿了民众献给他们的贡品，于是赶紧离开。或许他们是故意在水上搭起木板，做成一处献给难近母的神庙。他们并未伤害我，也没有叫醒我，与他们相处的片刻中，我感到很安全。现在回想起来，我们仿佛一同走过了这段旅程。

无事可做时，我就会走回铁道旁，在许多轨道交错的铁路调车场上游荡。那里总有其他小孩跟我一样在寻找可用之物，或者至少是当天可以吃的东西。或许他们也迷路了，心想着哪条轨道才能带他们回家。有时也会有火车经过，鸣笛警告人们离开铁轨。

在某个安静却炎热的日子里，我在火车站附近一直走到因高温而感觉晕眩，于是便坐在铁轨上，几乎睡着了。有个穿着肮脏的白衬衫和长裤的男子走过来，问我在这么危险的地方游荡做什么。我以自己结结巴巴的方式回答时，他不仅听懂了我表达的意思，还能以更缓慢且仔细的方式回复我，因此我也能听懂他在说什么——他说有许多小孩都在这里被火车撞死，就算幸存的也失去了手或者脚。他说火车站和调车场是非常危险的地方，不是小孩子玩耍的游乐场。

我告诉他我迷路了。他看起来很有耐心，一直在认真地听我说话，并努力想听懂我在说什么，受到鼓励的我便向他解释自己来自加尼斯塔雷，但似乎没人知道这个地方，所以现在我只有一个人，没有家人，也没有地方可以住。在听完我的故事后——这是我在迷路后第一次能完整说出自己想说的话——他说他愿意带我回家，给我一些食物和水，并且让我有个睡觉的地方。我听了好开心，终于有人愿意停下脚步帮我、甚至救我。我想都没想就跟他走了。

他是个铁路工人，就住在铁轨旁的小屋里，位于那巨大的红色车站入口处附近。小屋是用木框架加上波纹铁搭建而成的，上头还贴着几片厚纸板。他跟一群铁路工人同住，并邀请我跟大家一起吃晚餐。这也是在迷路后，我第一次坐在桌前好好吃了一顿人家帮我煮的饭，而且还是热腾腾的饭菜——至今我依然记得那是扁豆泥糊加上米饭，是其中一名工人在小屋角落用小火烹煮的。

那些工人似乎不介意我的加入，也没抱怨我分食了他们的晚餐。他们虽然很穷,但也能自给自足,与街上那些人有不同的生存法则。他们有屋顶、有简单的食物,还有一份工作,不管这份工作有多么辛苦。他们只能分我一点食物,但那已经很不一样了,因为他们愿意给陌生人食物、让陌生人有栖身之处。我像是进入另一个完全不同的世界,尽管这个世界只是由几块波纹铁和一把扁豆所构成。这是我第二次感受到好心的陌生人拯救了我的性命。

在小屋后方有一张用稻草铺成的很简单的空床,我开心舒服地睡在那里,仿佛像是已经回到家里一样。那位铁道工人提过,他知道有个人或许可以帮我,隔天他说会带那名男子来找我。我松了一口气,太开心了——已经觉得这一切只不过是一场噩梦,我很快就能回家了。白天这群工人上工后,我就待在小屋里,等待我的救世主降临。

隔天,有一名男子按照约定出现了,他也尽量用我能听懂的简单词汇说话。他的穿着非常干净,甚至当我指着他独特的胡子说"卡皮尔·戴维"(Kapil Dev)时,他还笑了,这是印度板球队队长的名字,他看起来就跟那个人一样。他坐在我的床边,说:"过来这里,告诉我你从哪里来。"我照他说的做,并告诉他我这段时间的经历。他想进一步了解关于我家乡的事情，这样才能帮我找到回家的路。我尽力详细地解释着，他就躺在床上，也让我躺在他的身边。

我的旅途中发生过许多幸运和倒霉的事情，也做过正确和错误的决定。在面对风险时所做的决策，不管是有意或无意，单凭直觉不见得永远正确；但经过几周的街头生活，我的直觉肯定变得更加敏锐。如果你想生存，就得学会相信直觉。也或许任何一个五岁的男孩跟陌生人躺在同一张床上都会感到不自在吧。当时没有发生什么坏事，那个男人也没碰我，但除了他答应要帮我回家这个听起来棒极了、令人兴奋的承诺外，我知道肯定有哪里不对劲，也知道我不能让他感觉到我的不信任，我得继续演下去。当他说隔天要带我去一处他认识的地方，试试看能不能帮我找到家时，我点头同意了。但同时我心里也清楚，我最好跟这个人保持距离，得想办法脱身。

晚餐过后，我在门边的拐角处的破旧的木盆那洗碗盘，就跟我前两晚所做的事情一样，那群工人依然聚在一起喝茶、抽烟，很快就融入在他们的对话和玩笑之中。机会来了！我选了最佳的时机夺门而出，像没命似的往前冲，现在回想起来恐怕是如此。我希望能借由出其不意争取到更多的逃跑时间。我又再次逃入铁道旁的夜色之中，奔向陌生未知的街道上，除了逃跑，我没有其他想法，也不知该何去何从。

我很快就没了力气，跑到拥挤的街道后便放慢速度——或许他们也不在意我的离开，就算在意，肯定也追不了这么远。接着我听到有人在后面不远处叫我的名字，我整个人像是被雷击中了似的，然后赶紧迅速躲开。虽然我比周围的人群矮小，仍朝最狭窄的街道上最拥挤的那一头跑去，就在路边叫卖食物又忙又乱的摊贩附近。我环顾四周，瞥见有一两名男子像是在跟踪我——一脸阴森横肉的男子四处张望、快速移动着。我想到其中一个就是我一开始遇到的铁路工人，他看起来也不再像一开始请我进入屋内时那般的和蔼可亲。

我赶紧远离他们，但街上瞬间变得拥挤，很难快速移动，我觉得那些人离我越来越近。我必须找个地方躲起来。我在两栋房子中间找到一处缝隙，一头往里面钻，能钻多深算多深，直到碰到其中一面墙上正在渗水的污水处理管，水管口的大小刚好可以让我躲进去。我钻进污水管一直往后退，退到看不见街道为止；我无视蜘蛛网的存在，也不在意手边流过的恶臭的污水。比起黑暗的水管，外面的那些人更让我害怕。如果他们找到我，我就无路可逃了。

我听到他们其中一个人和果汁摊贩交谈，就在我躲藏的水管的旁边。我甚至还记得那可怕的一幕：在我往外偷瞄时，铁路工人的目光也正好朝缝隙内的水管方向扫来，感觉目光似乎一度停留在我身上，犹豫片刻才又继续前进。我真的差一点被发现了吗？我看到的那个男人就是邀我进去小屋的人吗？我现在已经无法确定，但那一幕依然在我脑海里鲜明地存在着——因为背叛的力量。我曾经如此相信这个男人，相信他会帮助我，却没想到他只是想吞了我。我永远无法忘记那种恐惧感。

我又躲了一段时间，直到确定那些人都离开后才溜出来，在深夜的街道中寻找出路。所有希望全都破灭，我的心也碎了，但能逃出来也让我松了好大一口气。至少我的生存直觉还算强烈。在某种程度上，我因为可以照顾自己而变得更坚强。

## 在一连串打击后遇见"新生"

  我不敢继续在火车站附近逗留,怕被铁路工人发现。以前我偶尔会到周边地区晃晃,但一直都很小心,绝不会离我刚到的城市太远;但此时我已别无选择,第一次决定尝试过河,到对岸展开新生活。
  这座长桥两侧的人行道跟火车站月台一样拥挤,形形色色的路人,不管是独自一人还是一群人,看起来都非常匆忙;但有些人也只是在附近闲晃,好像就住附近、住在水上。我得避开成群走路慢吞吞的一家人，也得闪过头上顶着成堆物品、运输货物的人。我走过失去手脚和眼睛的乞丐身旁，有些人的脸甚至因为疾病而面目全非，这些人都拿着铁碗在路边乞讨钱或食物。道路中央则是挤满各种交通工具，包括三轮车和牛车，甚至还有牛群在逛大街。眼前的景象简直让我目瞪口呆。我尽可能往前挤，过桥之后立刻远离了主干道。

周围环境稍稍安静后，我在迷宫般的大街小巷里漫无目的地穿梭，这样或许能找到别人帮忙，也可能是自找麻烦。因为铁路工人的缘故，我现在越来越难判断谁是好人、谁是坏人。虽然之前的困境让我对自己的街头求生技能变得很有信心，但经过铁路工人这件事情之后，我意识到，我无法靠自己独自生存太久——许多危险程度之大，是我难以想象，甚至难以察觉的。

我对他人的怀疑再度油然而生，大家要不就是漠不关心，要不就是坏人，不过我还是得找到那些少数愿意帮我的好心人，就像之前在河边救我的流浪汉。我想避开人群，但也想搞清楚自己到底身在何处，这代表我得保持高度的警惕。接下来的旅程，我就是在时时保持警惕和找机会放手一搏这两种心情交织中度过的。

我慢慢接近人群。有一次，我在新地方的某条街上散步时，遇到一个年纪相仿的男孩，他大声地和我说话。他发现我在看他时，便主动跟我打招呼，我们两个害羞地聊了一会儿。他认识的字似乎比我多，说起话来也更像大人，他可能上过学，人也很友善，我们一起在街上玩耍了好长一段时间，接着他说我可以跟他一起回家。我选择保持戒备心，然后小心翼翼地跟他回家。

到他家后，他向母亲介绍了我，我也告诉他们之前在我身上发生的一些事情。他的母亲说我可以跟他们一起吃饭，甚至可以一直住到他们找到人带我回家为止。我脸上的警戒神色顿时一扫而空，无法想象眼前友善的妇人会伤害我，这甚至是我远离街头生活的大好机会。即便是在铁路工人小屋里短暂的时光也让我能好好睡上一觉，因此，现在的我只渴望能待在室内，这样比较有安全感。我很高兴自己能睡在屋里，有食物吃，还有人保护。

隔天，男孩的母亲让我跟他们一起出门。我们到当地人洗衣服的池塘边，她洗衣服的同时，我和小男孩也各自洗自己的衣物。我身上一直穿着走失时的衣服，黑色短裤和白色的T恤，看起来肯定很脏了。就像以前一样，不必游泳又可以待在水里的话，我可以一整天都泡在水里不起来。但是一天的时间很快就过去了，我的新朋友已经上岸，把自己弄干、穿上了衣服。他母亲也在叫我上岸。或许我已经忘记家庭生活的方式，也忘记要尊重母亲的权威性——我不停地打水，不想离开。那位母亲很快就失去耐性，朝我丢了石头，差一点还打中我。我放声大哭，她便带着儿子转身离去。

我不记得当时独自站在池塘里是什么感觉。但或许是我误解了？或许是我一直待在水里，他们以为我不想跟他们走？但就算我母亲觉得我不乖，她也不会拿石头丢我啊！那名妇人转身离开的选择，就跟一开始她欢迎我进入她家一样轻松简单。这就是大城市里人们的生活方式吗？

虽然我再次被抛弃了，但遇见他们对我来说仍然是一段美好的经历——能好好吃一顿饭，还可以在屋内睡觉。我发现，或许能了解我表达方式的人，比我想象中还多。没多久，我又找到另一个好心人。

某天，我在附近的商店门前闲晃，看看有没有机会能找到食物时，有个跟我哥哥古杜年纪相仿的男孩，推着装满货物的手推车走了过来。我不知道是什么原因让他注意到我，他还说了些我听不懂的话。他看起来毫无侵略性，所以我也不紧张，就站在原地看着他走来。他刻意调整说话方式，问我在这里做什么、叫什么名字。交谈片刻后，我承认自己迷路了，他便邀请我住进他家。一开始我或许稍有犹豫，心想不知道他会不会伤害我或侵犯我，就跟那个小男孩的母亲一样，但我还是决定跟他走。虽然这样做很冒险，不过待在街上也一样危险。我在潜意识里盘算、比较后，直觉告诉我，眼前这个男孩是好人。

我的直觉是对的。他非常友善，让我在他家住了好几天，有时候我会跟他一同外出，帮他装货、卸货，他也非常有耐心，尽量照顾我。没多久，我发现他帮我做的事情更多。

有一天，他跟我说话的方式有些不同，更像大人语气，神情也更加严肃。我们一起走到镇上的另一头，他说那里有人可以帮我。结果，我们走进一间大警察局，里面有许多警察。我当时心情瞬间转为抗拒。这是陷阱吗？他故意要害我被抓吗？眼前的大男孩安抚我，保证警察不会伤害我，而且会帮我找到回家的路，跟家人团聚。我不清楚最后到底发生了什么事，但我跟他走进了警察局。大男孩与警察交谈后，走过来告诉我，说他要把我交给警方照顾。我不希望他离开，而且我看到警察会很紧张，但是对大男孩的信任足以让我愿意留下来。更何况，我不知道自己还能怎么办。

与他道别时，我是既难过又害怕，但他说尽力了，这是帮我找到家最好的办法。我希望自己当时有向他道谢。

大男孩离开没多久后,我被带到警察局后方,他们将我安置在牢房里,并把门上锁。事已至此,我也不知道接下来的事情究竟是好是坏。其实,大男孩就跟在河边把我捞起来的流浪汉一样,两人都救了我一命,只是我当时并未看清楚这一点。

有时我不禁会想,当时如果他没有带我到警察局,或者是我拒绝相信他,那最后会发生什么事?可能最后也会有其他人跟大男孩一样带我去警察局,也或者我会进入某家收容孤儿的机构,但最有可能的是——我会死在街头。今天的加尔各答街头有数十万名无家可归的小孩,其中有许多人可能没有机会长大成人。

当然,我不知道之前铁路工人的朋友究竟有何打算,也不知道那晚在火车站被抓走的小孩下场如何,但我很确定他们所面临的恐惧应该比我还深。没人知道究竟有多少印度孩童被卖去从事性交易、当奴隶或是器官遭到摘除贩售。尽管这些遭遇骇人听闻,但受难的小孩太多,能有效执法的警力十分有限。

我的街头生活结束没几年后,加尔各答就出现了恶名昭彰的"石头杀手",孟买紧接着也发生了同样的情况。有人趁着夜晚街头流浪汉熟睡时,直接拿大石头或砖块朝流浪汉头上猛砸，大城市主要车站附近的流浪汉更是成了主要下手的对象，在半年之内就有十三人因此死亡，却无人因此被捕（不过在警方拘留一名有心理问题的嫌疑犯后，这类杀人事件便没再发生了）。如果我继续流落街头，很有可能现在已不在人世，肯定也没有这本书的存在。

虽然我想抹去许多不堪的记忆，有一件事情却希望自己能够牢牢记住——大男孩的名字。

那晚，我在警察局的拘留所里过夜。第二天早上，有些警察过来看我，保证我不是被捕或惹上麻烦，并说会尽力帮我找到家。当时虽然无法安心，但我选择相信他们的话。这也是开启我横跨大半个地球旅程的第一步。

警察给我食物，然后把我带上一辆大囚车，跟其他小孩关在一起，里面的小孩有些年龄比我大，有些比我小。警察开车载我们穿过镇上，来到一处里面的人全是公务人员模样的地方；他们除了提供午餐和水之外，还询问我们许多问题。虽然我无法完全听懂，但很明显他们想知道我的身份，以及我从哪里来。我把能说、会说的全表达了。他们在许多表格和文件上记录了我的答案。"加尼斯塔雷"对他们而言毫无意义，我也不记得自己是从哪里上的火车,依稀只记得哥哥会说那里叫作"巴拉玛普尔""必拉玛普"还是"贝拉玛普"……之类的地方。

尽管他们记下我说的那些信息,但对于这些模糊不清、可能是这个国家中任何一处地名的地方,其实不抱任何能找到的希望。我甚至不知道自己的全名,只知道自己叫"萨鲁"。最后在不知道我是谁,以及我从哪里来的情况下,他们决定将我归类为:迷路。

询问结束后,我又被带上另一辆车,载到了另一栋建筑物前,据说是专门收容跟我遭遇类似、无处可去的孩子的。我们被带到一扇生锈的大铁门前,那看起来就像监狱的栅门,一旁的墙壁上还有一个小出入口。我心想,如果我走进去,会不会永远都出不来了?然而都已经走到这一步。我再也不想回到街上流浪了。

铁门后有几栋大型建筑,是许多人口中的"家"。我被带入其中一栋硕大的建筑里——两层楼中有数百名、甚至数千名成群玩耍或坐在一起的小孩。我走入一条深长的过道,两旁是一排排的双层床,尽头是公共浴室。

我停在一张挂有蚊帐的床前,跟一个小女孩睡同一张床,还拿到食物和水。一开始以为这个"家"跟我想象中的学校没两样,但这里只有床,而且你得住在里面,说起来其实更像医院,甚至像监狱。当然,待久了就觉得这里根本就是监狱,完全不像学校。可是能来到这里,一开始我是很开心的,至少有所庇护,也不会饿肚子了。

没多久,我发现楼上还有另一个大厅,里面也是塞满床铺,住满了小孩。有时候得三四个人挤一张床,也因为得换来换去,我们常常要跟不同的人一起睡同一张床,人多时还得睡地板。这里也没人时常清理厕所,整个地方就只能以"毛骨悚然"来形容,尤其是在夜晚,感觉每个角落都有鬼魂出没。

现在回想起来,我对那个地方的感觉,某种程度上跟里面孩子的遭遇脱不了关系。那里面的孩子,有些是被家庭遗弃的,有些是因为家暴而被带走的。我不禁觉得自己很幸运——我只是营养不良,但至少没有生病,而有的小孩没手,有的没脚,有的是手脚都没有。有些孩子受到可怕的伤害,有些人甚至无法说话,或是不愿再开口。

我以前看到过残障人士,也看到过精神不正常的人对着空气怒吼,或是行为表现极度疯狂,在火车站附近的街上这种人特别多。在外面,如果他们某些行为让我害怕,我就会选择避开;在这个"家"里,我无处可躲,只能跟着有各种问题的孩子一起生活,包括少年犯或者有暴力倾向的孩子。大多数孩子因为年纪太小，不能被送进监狱，但里面也有一些人已接近成年。

我后来才发现，原来这里是青少年收容中心，名叫利卢阿（Liluah），里面全是有着各种问题的孩子，走丢的，有心智问题的，甚至是小偷、杀人凶手和帮派分子。但当时我只知道那里令人感到痛苦，甚至经常在半夜里因为某处传来的尖叫声而惊醒，或是被其他孩子毛骨悚然的哭泣声吓醒。我在想，再继续在这里待下去我会变成什么样子？我还得在这恐怖的地方待多久？

我得再次重拾求生技能。跟之前在外面会被其他男孩欺负一样，我在"家"里也是年纪较大的男孩们的下手目标。有限的词汇表达能力本就让我处于弱势，身材矮小、再加上毫无防御能力更激起了恶霸的兽性。有些大男孩开始嘲笑我、捉弄我、推搡我，如果我不想办法逃走，肯定少不了一顿拳打脚踢。我很快就知道在玩耍时间要避开哪些特定区域。收容中心的职员似乎已经见怪不怪，丝毫没有插手的意思，不过就算他们介入，也只能用不分青红皂白的处罚方式，把所有人集合起来，用细长的藤条修理一顿。藤条末端的分叉往往会刺入皮肤，那简直是痛上加痛。

收容中心里还有其他的危险存在，但我很幸运逃过了一劫。利卢阿之家的四面全是高墙，我记得看到过有人从外面翻墙进来。我从没看见或听说这些人是来做什么的，但在这些陌生人逃离前，我总会看到孩子们哭着夺门而出。我不知道里面的职员是否关心？还是根本也无力保护我们？但这里很大，众所周知，这里是许多孩子的"家"。

　　那些曾经想在街上抓我的人显然也不会受到高墙或栅门的阻拦。这是另一种可能发生在我身上的事情，我可以努力不去多想，但我真的很难不为那些不幸的孩子们感到难过。随着年龄增长，这种感受也会更深刻，或许我对现实世界认识越多，就越感到自己多么幸运。我现在知道，没有几个孩子能摆脱街头生活，而在许多人的人生道路上，还有各种苦难在前方等待。

　　我在利卢阿之家待了几周后，有些孩子穿过大门上的那道小门离开了，我不知道他们为什么能离开，也不知道他们究竟去了什么地方。或许是有人帮他们找到家人了？我甚至在想，在围墙内长大的男孩，他们出去后又会发生什么事情？也许他们被带到其他地方？或者在达到特定年龄后，又得被放回街上？

　　不管是出于什么理由，我祈祷自己能早日离开此地。

　　终于轮到我了。虽然当时我不知道原因，但在收容中心住了一个月后，因为没人报案说我失踪，他们也不知道我究竟从哪儿来的，于是决定将我转移到孤儿院。我只知道自己被叫进办公室，并说要带我去另一个比较好的"家"。他们带我去洗澡，还给了我一套新衣服。跟平常一样，人家说什么，我照做就是了。他们说我很幸运。虽然没找到家人，但我还是觉得非常幸运，终于能离开这个像地狱般的鬼地方了。

印度儿童赞助收养协会（ISSA）[①]的索德太太，是我生命中的重要恩人。

索德太太向我解释，由于当局不知道我的身份，也不知道我的家人在哪里，她说她会继续尝试帮我寻找家人、寻找我口中那个可能叫"贝拉玛普"的地方，但在此期间，我得先住在她负责管理的那瓦济凡孤儿之家（Nava Jeevan）。

那瓦济凡之家——在北印度语里代表"新生"之意——的确比利卢阿之家好多了，而且里面小孩的年龄大多都与我相仿。

那是一栋三层的水泥建筑，看起来格外温暖。我们走进去后，我就看到屋内角落里有几个小孩在偷瞄新来的人——然

---

[①] 印度儿童赞助收养协会（ISSA），全称：Indian Society for Sponsorship and Adoption。

后有位妇女出来迎接我和索德太太时，一旁偷看的孩子们便笑着跑开了。我再往里面走，看到阳光洒落在其中一些房间的床上，相较于前一个地方，这里的人明显少了许多，而且有加装铁窗。我现在也知道，这是为了孩子们的安全着想，并非想监禁我们。墙上的彩色海报也让整体环境比之前的地方多了几分友善的气氛。

虽然这里的孩子人数较少，但是有时晚上还是挺挤的，有些人不得不睡在地上——那意味着你半夜可能会因为有人尿床被滴到而醒来。每天早上我们都得在大门口附近的井边迅速盥洗，并用手指当牙刷刷牙。早餐可以领到一杯热牛奶和印度甜面包，或是几块牛奶饼干。

白天通常比较安静，大部分人都去上学了。由于我从没受过教育，只能留在院子里，有时候甚至只剩下我一个人。大多数时间我都在前面的阳台边打转，那里因为有栏杆，看起来像个笼子，我喜欢从阳台眺望对街的那个大池塘。

在孤儿院住了一段时间后，我认识了一个年纪和古杜相仿的女孩，她就住在池塘的另一端。有时候她会过来看我，偶尔还会从栏杆缝隙塞零食给我。有一天，她送了我一条项链，上面是象头神（Ganesh）坠饰。我很惊讶，这是第一次有人送礼物给我。我把项链藏好，不让任何人发现，偶尔会拿出来盯着它发呆。后来我才知道，象头神又称"除障之神"和"起始之神"。我心想为什么那个女孩要送这个礼物给我。（象头神也是"文字守护神"，就某个方面来看，也是这本书的守护神。）

这条项链对我而言不只是一个漂亮的东西——它代表着世界上愿意帮助我的好人。我到现在还留着这条项链，它也是我最宝贝的东西之一。

跟在利卢阿之家时一样，孤儿院里也有"恶霸"，他们年纪和我差不多，不过我总有办法避开这群人。我渐渐懂得了避开麻烦，但有一次，有个女孩决定带我一起逃跑。我从来没有想过要逃走，只是她坚持要把我纳进她的逃跑计划里。某天早上，我都还没搞清楚发生了什么事情，她就拉着我一起溜出了门。我们跑到大街尽头的甜点摊时，老板请我们吃东西，借此拖延时间，通知了那瓦济凡孤儿之家。我不记得曾为此受到过任何惩罚。事实上，孤儿院里没有人被打过，更别提被藤条修理了。但如果不乖的话，还是会被训斥或者被罚到一旁独自静坐反思。

过了没多久，索德太太告诉我，他们已经尽力寻找了，却还是找不到我的家人，真的无能为力了。索德太太看起来非常友善，我相信她是真心想帮助我，但她说他们找不到贝拉玛普，也找不到我的母亲，还说要帮我找另一个家庭。当时我无法理解她的言外之意，不过我开始看清令人心痛的事实：她是在告诉我，我永远都回不了家了。

其实在我心里，一定程度上我已经能接受这个事实了。起初迫切渴望想回到家的感觉——认为除非我的世界能回到原点，否则我无法生存——已经消失了。眼前的一切就是我的全世界。虽然我年纪比较小，又没有母亲在身边保护，但或许我已经学会了哥哥们刚离家时所学会的事情。我必须专注在能让自己活下去的事情上，也就是眼前的事情。即使我无法理解大人们为什么无法找到对的火车载我回到原点，也对索德太太带来的坏消息感到难过，但我知道这一切已成定局，我似乎也没有丝毫的绝望感。

索德太太告诉我，别的国家有些家庭很乐意领养无家可归的印度小孩，只要我愿意，她会帮我找到新的家庭。我不确定自己是否完全理解这段话的含意，但我也没多想。

在那瓦济凡之家待了四周后，我被带到ISSA办公室。索德太太告诉我，她联系到一对住在澳大利亚的夫妻，他们愿意收养我。她说印度和澳大利亚曾是板球比赛的对手，我记得之前好像听说过这回事，但我对澳大利亚的认识也仅止于此。索德太太说，有两个我认识的男孩——阿布杜和穆沙——最近已经被澳大利亚家庭收养了，我的另一个新朋友阿萨拉也即将前往澳大利亚。澳大利亚是一个愿意帮助无家可归的、贫穷家庭的孩子的好地方，那里有大部分印度儿童所无法享有的重生机会。

在那瓦济凡之家时，他们让我和阿萨拉看了一本好像施过魔法般的红色相簿，是新家庭帮我们做的，里面有新家庭成员的照片，有房子和生活的点点滴滴——我看到我的新家庭时，眼珠子差点掉下来！这些人跟我平常看到的人都不一样——他们好白！而且周围的物品都是如此闪亮、干净和新颖。

有些东西我甚至从未见过，工作人员看着照片上的文字，向我和阿萨拉解释着每一张照片的含义。在我的相簿里写着："这是你父亲在洗我们的车，我们会一起开车到许多地方玩。"他们有车！"这间房屋将会是我们的家。"它看起来很大，还有许多玻璃窗，看起来像是全新的！这本相簿更是直接点名要给我，上面写着："亲爱的萨鲁。"工作人员告诉我，领养我的人是布莱尔利夫妇。

相簿里还有一张飞机照片（照片背面写着"这架飞机将

会带你飞到澳大利亚"），这一切都让我深深着迷。我在家乡时，曾看过飞机飞过时，在天空留下的痕迹，也曾一直想象坐在飞机里、飞上云霄是什么感觉。如果我同意跟这些人走，就有机会一探究竟。

这是一场振奋人心的体验。阿萨拉很兴奋，时常要求要看她的相簿，而相簿通常由工作人员保管。我们会坐在一起翻开相簿，她会指着一张张的照片说："这是我的新妈妈。"或"这是我的新房子。"我也会说："这是我的新家！这是我新爸爸的车子！"她的兴奋之情也感染了我，我们两人互相鼓励。虽然照片里没有我，但我感觉得到，这是一本关于我、属于我的故事书。我不敢相信这一切都是真的。我对澳大利亚的认识全在这本红色相簿里，但我也想不出任何想问的问题。

在那瓦济凡之家，每个人都有哭着要找亲生父母的时候。有些小孩是被父母遗弃的，有些是父母去世的，而我只是不知道自己的家人在哪里，也没人能帮我找到家人。但我们统统都是失去家庭，再也无法回家的小孩。我现在有机会加入新的家庭，而阿萨拉虽然还没过去，言语间却早已充满了兴奋之情。

我不知道自己是否真的可以选择，但我也相信，如果我有丝毫的犹豫或疑惑，也会有人说服或安抚我，但那已经不重要了。我知道如果不接受这个机会，自己也别无选择了。难道要回到之前受欺负的地方吗？回到街头等待机会吗？还是不断寻找连大人都无法找到的回家的火车？

我告诉他们，我想去澳大利亚。

我同意加入新家庭的决定让大家都很开心，而这股情绪是会感染他人的——很快地，我最后一丝的保留情绪也消失无踪。工作人员告诉我，我很快就要坐上跟照片里一样的飞机，到澳大利亚找我的新父母。

我与阿萨拉年纪相近，但其他被送往澳大利亚的孩子几乎都是幼童或婴儿。我不知道对年纪小的孩子而言，他们是否比较不害怕？或者，他们究竟对此事了解多少？

有一天，大家都梳洗干净，穿上整洁的衣服，男孩和女孩分别被带上了不同的出租车。男孩被送到来自瑞典的白人——乌拉阿姨的家中，她是什么人对我毫无意义，但她却能用北印度语欢迎我们的到来，这就让我很惊讶了。她家是我见过最棒的地方，屋内家具贵气十足，还有窗帘和地毯，就跟红色相簿中的照片一样。我们坐在餐桌前，那是我第一次在餐桌上看到刀叉，并且学习如何正确使用餐具——我以前只用手吃东西。

我们也学习餐桌礼仪，例如必须挺直坐好，不能站起来或倾身向前拿取物品。在乌拉阿姨家的这段时间，让我们对即将到来的旅程更加兴奋与期待。

我们也要上英文课。我记得在那瓦济凡之家的墙上有英文字母的图片，例如"A是苹果"之类的，我也记得有人教过我说"哈啰"，但我对英文的认知仅此而已——而且我马上就要离开印度了。我要前往的地方据说非常遥远，是在世界的尽头。没人提起我是否还有机会回来，这似乎不是大家关心的事情。

大家都认为我很幸运。

在得知我即将被收养后，没几天我们就要离开印度了（我才被送到孤儿院一两个月，这种效率在今天看起来是不太可能实现的）。包括我的朋友阿萨拉在内，来自那瓦济凡之家的六个孩子，加上两个来自其他孤儿院的小孩，我们一行人将一起飞往澳大利亚。在孟买（当时还称为Bombay，不叫Mumbai）转机后，我们先飞往新加坡，再到墨尔本与新家庭见面。阿萨拉的新家人住在维多利亚省，而我的新家人布莱尔利夫妇则住在塔斯马尼亚，所以我还要再飞第二段的行程。

知道要与索德太太道别时，我心里很难过——有三名澳大利亚妇女和一名澳大利亚政府男官员会陪同我们乘飞机。这些人都很友善，虽然我们无法沟通，但对于旅途的兴奋和新家庭的期待也足以抹去心中所有的焦虑。

我登上大飞机的那一刻，心情真是乐坏了。看到这玩意儿里面有这么多椅子和人还能飞得起来，觉得简直太不可思议了，我也不记得自己是否为此感到担忧。我们每个人都拿到一条巧克力，这对我来说简直是无上的奢侈品，整趟旅程我都小心翼翼地握着那条巧克力。我们戴着耳机看电影、交谈，我深深地为扶手上的插头和控制频道、音量的遥控器感到着迷。在那片小小的锡箔纸下的食物，我们全吃得精光——事实上，有人为你送餐似乎就已经代表新生活开始了。我想，我们应该也有在飞机上睡觉。

在孟买转机时，我们在旅馆过夜，这又是另一件新鲜事。这里的旅馆或许和西方的普通旅馆没啥区别，但却是我见过最奢华的地方。房间里的味道如此清新，而且我这辈子从未睡在如此柔软、干净的床上。尽管发生的每件事情都让我感到兴奋，但那晚依然是我这几个月以来睡得最好的一晚。我在浴室里大步走来走去，还有闪闪发亮的莲蓬头和马桶。在旅馆附近，我看到的白人比其他地方都多，虽然不太好意思说，但我当时脑袋里唯一的想法就是他们看起来都很有钱。身边发生了这么多新鲜事，我不知道当时是否会想到自己很快就会跟这样的白人一起生活。

隔天，我收到新父母准备的一条全新的白色短裤，以及一件印有"塔斯马尼亚"字样的T恤，让我在飞机上穿。我很高兴能穿上新衣服，更棒的是，陪同人员还带我们去附近的玩具店，每个人都可以挑选一件玩具——我觉得这种奢侈应该也有上限，但我不记得有人说过。至今我仍保留着当初选择的小车，只要轻轻压着往后拉，便能在整间房里到处跑。

我现在知道从加尔各答飞到孟买的途中，其实意味着我非常接近自己的家，就在三万英尺的高空底下。我所搭乘的飞机肯定也在天空留下会让我赞叹不已的凝结在空中的痕迹。不知道母亲是否会在无意间仰头看见我的飞机与拖曳的云迹？如果她知道我在那架飞机上、知道我将飞往的地方，肯定会惊讶得难以置信。

# 迎向纯净未知的世界

我们在一九八七年九月二十五日晚间抵达墨尔本,陪同人员带着一群小孩前往机场贵宾室与新家庭见面。

贵宾室里面许多大人看着我进入,我觉得很害羞。我看过无数次红色相簿里布莱尔利夫妇的照片,因此一眼就认出他们。我站在原地努力微笑,然后低头看看手中最后一点珍贵的巧克力。(英文原书封面的照片就是我刚抵达墨尔本、走进贵宾室时拍的照片——你还可以看到我手中的巧克力。)

工作人员带我上前，我对新父母所说的第一个字是"Cadbury"。在印度，这个字是巧克力的同义词。我们互相拥抱后，新妈妈直接做了一件普通母亲会做的事情——拿卫生纸帮我擦手。

由于我的英文能力有限，新父母也不会说北印度语，我们之间几乎无法交谈，于是我们一起坐下翻阅他们寄来的那本红色相簿。爸妈指着我即将入住的房屋，以及我们等一下要开的车。然后，我们努力学着习惯彼此的存在与陪伴。我想，我肯定是个很难搞定的小孩——毕竟在经历过那么多事情后，我不得不对所有事情小心翼翼、有所保留。你可以从照片中看到，我的表情并非警戒或焦虑，而是持保留态度，等着看究竟会发生什么事。尽管如此，我当时就能感觉到自己跟布莱尔利夫妇在一起是安全的。那是一种直觉——他们带给我一种宁静、慈祥的感觉，笑容中充满温暖，很快就让我放松了心情。

看到阿萨拉开心地与新家庭互动，也让我的情绪渐渐平静了下来。她最后跟着新家人离开机场，我们以孩子的方式匆匆道别。而我还得和新家人一起飞下一段，从墨尔本经巴斯海峡前往霍巴特。因此我们一家人的第一个晚上，是在机场旅馆度过的。

抵达旅馆后，母亲直接带我去洗澡，在我身上抹泡泡，把我泡在水里，将身上的虫卵清洗干净。我跟澳大利亚小孩的情况非常不同，除了身上的寄生虫外，还有肠内线虫、断掉的牙齿和心脏杂音（幸好没有持续太久）。印度穷人的健康也是普遍的问题，若是露宿街头情况会更糟糕。

我在澳大利亚第一晚睡得很安稳，显然我已经渐渐习惯住旅馆了。隔天早上醒来时，我看到爸妈从他们的床上看着我，等我清醒。一开始我只敢躲在被子底下偷看他们。妈妈说她还清楚记得那天早上的画面：她和父亲在床上看到房内另一端的单人床上、被子底下稍稍隆起，有一坨黑色头发探出来。直到现在，我有时都还会忍不住偷瞄他们。小时候，我们一家三口常会回想起那第一个夜晚，我会提醒他们："我在偷看，我在偷看。"

我不知道现在是否会有人相信这一切真的发生了——在这个房间里的两个陌生人即将变成我的父母，或者这个来自印度的男孩即将变成他们的儿子。

早餐过后，我们还得搭短程飞机飞往霍巴特，那也是我第一次有机会在旅馆和机场外看到新家乡外面的世界。对于以往只看过地球上最拥挤、最脏乱地区的双眼，眼前的景象是如此空旷、干净——街道、建筑，甚至汽车都是如此。放眼望去，没有人跟我一样是深色皮肤，但其实根本也很难见到什么人。这里几乎可以用空无一人来形容。

就在我们开车穿越陌生的乡村、进入霍巴特的郊区后，我看到满是闪闪发亮、犹如宫殿般的景象，也看到了我的新家。我看到跟红色相簿里一模一样的房屋，但现场看起来更宏伟、更震撼。家里只有三个人，却有四间房间，每个房间都很宽敞明亮且整齐干净。客厅里铺有地毯，有舒服的长椅沙发和我见过最大的电视机，有大浴缸的浴室，以及厨房里装满食物的橱柜。至于冰箱——我喜欢在冰箱前感受拉开冰箱门时散发出来的冷空气。

最棒的是我的房间——我从没拥有过自己的房间。我在印度住过的两个房子都只有单间房，而在那之后，我都得跟其他孩子同处一室。但我不记得会害怕自己睡觉——或许我已经习惯睡在街头。可是我很怕黑，因此需要打开房门，并且确保走廊的灯一直亮着。

我躺在自己柔软的床上，床头上贴着一张很大的印度地图，还有新衣服让我在凉爽的塔斯马尼亚气候中得以保暖，地上有一箱箱的图片故事书和玩具。我好一阵子后才意识到这些都是我的——全部都是，而且我可以爱怎么玩就怎么玩。但其实我还有点不安，可能害怕早晚会有其他的大孩子来跟我抢。我也花了好长一段时间才习惯自己能拥有东西。

不过，在新爸妈的教导下，我轻松适应了西方的生活方式，他们说我适应得很好。一开始我们先吃印度食物，妈妈后来才渐渐让我接受澳大利亚饮食。这两者之间除了味道外，还有其他差异：记得有一次，我发现妈妈把一块红肉放进冰箱里，于是冲上前哭着对她说："牛！牛！"对于一个在印度教教条下成长的孩子，屠杀神圣的动物是一项禁忌。妈妈一度不知该如何是好，但她很快就笑着说："不，这是牛肉。"显然换了个字眼就让我安心许多。最后，我开心地吃着眼前丰盛的食物，也克服了味道和文化的障碍。

我很快就被澳大利亚户外生活所吸引。在印度时，我居住的地方不是乡镇就是城市，虽然可以自由闲逛，但怎么也无法摆脱周围的建筑、马路和人群。而在霍巴特，我的父母非常活跃，常带我去打高尔夫球、赏鸟与划船。父亲经常用双体船载我出海，也让我深深爱上水上活动，最后也学会游泳。光是看到海平面就足以让我的心平静下来。

印度各地都处于发展状态，但放眼望去只有令人窒息的高楼大厦，让人仿佛身处在巨大的迷宫里。有些人觉得繁忙的城市充满活力与刺激，但如果你是在那繁忙的都市中乞讨或需要他人停下脚步来听你说话时，你就会看到这座城市的另一面。因此，在我习惯霍巴特的生活节奏后，我觉得这个地方更能让人安心。

　　我们住在塔米尔区（Tranmere）的外围，与霍巴特中心区隔河相望。抵达约一个月后，我开始在隔壁的豪拉区（Howrah）上学。几年后我才发现，这世界上充满着不可思议的巧合。在我飞往澳大利亚的前一两个月，我也曾在加尔各答中的豪拉区谋生路，这也是该城市最大的火车站站名和最有名的桥梁的名字。霍巴特的豪拉区则是海边郊区，有学校、运动俱乐部和一家大型购物商场。这是一八三〇年由一名在西孟加拉邦首府服役的英国军官所命名的，他在霍巴特生活后，发现两地山丘与河流有某些相似之处。但就算曾经有相似之处，现在也早已不复存在。

　　我喜欢上学但印度没有免费教育，如果我没有来到塔斯马尼亚的豪拉区，可能一辈子都没有机会接受教育。跟澳大利亚其他地方一样，此地深具盎格鲁-撒克逊的风格，不过也有几个来自其他国家的小孩，而我跟其他两个来自中国和印度的学生还得额外多上英文课。

虽然我已经习惯身边的肤色与文化差异，但跟其他人的感觉一样，我的存在其实很突兀，尤其我有一对白人父母。其他的孩子谈起自己的家庭时，会说他们是怎么从其他国家或是从墨尔本过来，他们也会问我从哪里来，而我只能回答："我来自印度。"即便我给出答案，其他小孩依然很好奇，想知道我为什么会跟白人家庭一起生活。妈妈为此多次参加学校的家长会和亲子座谈会，告诉其他人关于我被领养的缘由。我的同学们也很满意地接受了这个答案，之后就没再多问。

我不记得在学校里受到过种族歧视，但妈妈却说其实是有的，只是我没有意识到而已。或许这也是从头开始学习当地语言的好处。有一次我问妈妈："'黑鬼'是什么意思？"这个问题让她很难过。还有一次，我们正排在参加一项运动登记的队伍里时，爸爸听到前面一个女子说："我不想和那个黑小子同一队。"我无意淡化这些言语背后的意义，但相较于我听过其他非英裔白人的经历，我觉得自己遇到的情况还不算太糟，也觉得我的成长之路并未受到任何种族歧视的伤害。

但对爸妈来说，感觉可能大不相同。我听说当地专门筹办晚宴和舞会的印度文化协会是以负面眼光看待我们家的。那是霍巴特当地的大型印度团体，成员来自斐济、南非和印度本土，有一段时间我们经常参加协会举办的活动，也乐在其中。但爸妈注意到边上经常有人以狐疑的眼神打量着我们，并认为让白人从印度领养印度小孩是个错误的行为。不用说，我对此根本不以为意。

我们参加的另一个组织是澳大利亚跨国儿童援助协会（ASIAC[①]），这个组织专门协助领养海外儿童。妈妈非常积极地帮助其他澳大利亚家庭应付不断改变的领养手续，以及当事人所要面对的挑战。通过该组织，我遇见了其他漂洋过海来到澳大利亚、住在多人种家庭的小孩。妈妈告诉我，我们第一次参加ASIAC组织的野餐时，我看起来有点意外——可能是有点失落——因为发现原来我在霍巴特并不是"唯一特别"的孩子。尽管有这些难堪的经验，我还是交到了新朋友，其中一个是印度男孩拉维，他跟他的新家庭住在朗塞斯顿（Launceston），刚开始的前几年，我们两家人还时常来往。

---

① Australian Society for Intercountry Aid（Children），澳大利亚跨国儿童援助协会，简称ASIAC。

ASIAC也帮我联系上了同样来自那瓦济凡之家的其他孩子。我最要好的朋友阿萨拉是跟着新家庭住在维多利亚省的温奇尔西（Winchelsea）河边，我们两家人也一直通过电话保持着联系。在我抵达澳大利亚一年后，我们所有人约在墨尔本聚会，还有其他两个被领养到澳大利亚的小孩阿布杜和穆沙也一同加入，大家一起到动物园玩。我很开心见到熟悉的面孔，大家都忙着比较各自的新生活，也拿之前在孤儿院时候的日子做比较，虽然孤儿院不算太糟，但我想我们没人愿意再回到那里。在我看来，大家都跟我一样快乐。

同年的下半年，索德太太也出现在霍巴特，陪另一名被领养的孩童阿撒过来，我记得在孤儿院时见过他。我很高兴能再次见到索德太太——她一直都很照顾我们，是我在印度走失期间遇见的最友善、最值得信任的人。我想，她肯定很高兴看到自己所帮助的孩子们能在新环境中展开新生活。索德太太经手处理过许多悲剧，但我相信她所得到的回报也是无量的。有些被领养的人可能不知道这个过程有多辛苦，但索德太太在澳大利亚见到她帮助过的孩童与新家庭，肯定能让她带着满满的动力回到工作岗位上。

十岁时，我的养父母从印度领养了第二个孩子。我非常开心能有兄弟。事实上，我最想念的在印度的家人是小妹。在圣诞节别人问我最想要什么时，我通常都会说："我想要跟谢姬拉在一起。"我当然也非常想念亲生母亲，但打从一开始，我的新妈妈就扮演着非常棒的母亲角色，加上有爸爸在身边更让我倍感开心。他们无法取代离开生母的遗憾，却也尽力弥补着我的失落感。我生命中真正缺席的人——尤其是对某个没有父母在身旁陪伴、长期独自在家的小孩而言——就是兄弟或姐妹。

谢姬拉是我特别的责任。她是家里跟我关系最紧密、也是我最牵挂的人——母亲记得我小时候常常因为没有好好照顾妹妹而有罪恶感。或许我最无法释怀的，就是与古杜一起离开的那天晚上。

爸妈首次申请领养小孩时，并未填写性别或其他要求限制。只要是需要一个家的孩子，他们就乐于接受——所以他们才得到我。因此第二次申请领养时，他们也做出相同决定；我们家的新成员可能是个小女孩，也可能是年龄比我大的孩子，而最后的结果是我有了一个小弟弟：马拓希。

我不在乎新成员是不是一个妹妹，只想着以后家里多了一个孩子陪我玩,这样就够了。

而且,如果他跟我一样安静害羞,我想我应该可以帮助他适应新生活。他就是我要帮忙照顾的对象。

但马拓希跟我是截然不同的两个人,有一部分原因是人与人之间天生的差异性,另一部分则是因为我们在印度的遭遇大不相同。人们愿意从国外领养小孩其实是非常勇敢的,因为这些孩子的背景往往非常复杂,过去经历的那些不同程度的苦难也为他们适应新生活增添了几分难度,新家人之间甚至难以了解彼此,更别说提供帮助。由于马拓希十分吵闹且不听话,我一开始只能选择沉默,对他的到来持保留态度。相较于想讨人欢心的我,他选择了叛逆。

马拓希谜一样的背景是我们两人之间的共同点。他在贫困的环境中成长,没有正式接受教育,也无法说清楚他到底是什么时间在哪里出生的。他来到澳大利亚时已经九岁,身上也没有出生证明、医疗证明或其他任何官方文件能说明他的来历。我们选择十一月三十日作为他的生日,因为那是他踏上澳大利亚的第一天。他跟我一样像是凭空降落到这个世界上,但他很幸运可以降落在霍巴特的布莱尔利家。

关于马拓希,我们知道的故事是:他出生在加尔各答附近，是说孟加拉语长大的。他的母亲抛下他、自己从暴力家庭中逃走，于是他被送去和身体虚弱的祖母同住。但祖母照顾自己都有些困难，更何况要多养一个小男孩，因此她便将马拓希交给了国家，最后马拓希跟我一样由ISSA——索德太太的领养机构——接手照顾。受限于法律规定，一个孤儿只能在一家ISSA机构里住两个月，在此期间他们会想办法帮助孩子回归原生家庭或是安排接受领养。索德太太很高兴能将他安排给布莱尔利夫妇，如此一来，我们就是兄弟了。

可是马拓希对如此顺利的领养手续并不开心，因为他是有父母的。虽然不能回到亲生父母身边——母亲下落不明，父亲不想要他——但是证明他符合领养资格也是困难重重。两个月的时间一到，他又被转回去利卢阿之家——我之前也待过的青少年收容中心——而ISSA也努力争取让我们家能顺利收养他。在利卢阿之家时，马拓希就没有我幸运了。他在那里受到了虐待与性侵，我们后来才知道，原来他以前也曾被自己的叔叔侵犯过。

经过两年烦琐复杂的法律程序，他明显也被自己的遭遇吓坏了。唯一的好处就是他的英文比我好，这也有助于他更快适应澳大利亚的新生活。马拓希的事情暴露出官僚领养制度所造成的伤害。我后来得知他的遭遇时，忍不住回想起我在利卢阿之家的那些夜晚，发生在我兄弟马拓希身上的事情，其实也很容易就发生在我身上。

马拓希刚来澳大利亚时，似乎并不了解领养的意义——他不知道自己是要永远搬来这个地方。一开始他并不确定这是不是正确的选择——可能是索德太太没有向他解释清楚，也可能是他不像我如此坚定。在他知道自己无法回印度后，他的感受很复杂——我可以理解接受领养后的矛盾心理，我自己也经历过同样的心情，只是程度较轻。加上之前的创伤导致他的情绪反复，小时候经常没来由地发脾气，十分暴躁。虽然他看起来身形消瘦，身体里却拥有跟强壮的大人一样的力气。我从未经历过这样的事情，也很遗憾自己小时候因此在某种程度上总是提防着他，而爸妈则是态度坚定中带着满满的耐心和关爱。我和马拓希都认为，是他们的坚持与决心支撑起了我们这个四口之家。

我现在可以明白一切，不过当时心里还是很不安的。因为马拓希所经历过的苦难，他需要爸妈更多的关心。而我当时虽已适应得很好，却也需要知道自己是被爱、被照顾的。在一个家中，嫉妒兄弟姐妹得到父母更多的关注是一个孩子很正常的情绪反应，但是因为我和马拓希的过去所带来的不安全感，可能让我们的反应更为强烈。

在马拓希加入我们家之后的某天晚上，我竟然逃出了家门。这也是测试父母和家庭给我的爱到底对我的改变造成了多少影响，结果证明：我无法再流落街头。我选择测试爸妈关心的方式跟大部分西方小孩一样，就是到附近的公交车站游荡，没多久我就感冒了，然后饿着肚子回家了。话又说回来，即使我和马拓希是截然不同的两个人，我们也是会一起游泳、钓鱼、打板球和骑自行车，就跟一般的兄弟一样。

马拓希不像我一样喜欢上学，他在教室里老是待不住，还经常惹麻烦。不过他至少跟我一样喜欢运动。跟我不同的是，他似乎是种族歧视的攻击对象，加上他选择反击，往往惹出不少麻烦，这似乎也刺激了某些"恶霸"总爱故意招惹他。遗憾的是，学校老师似乎也没有办法有效地去帮助学生脱困、更好地去适应新生活。

马拓希一开始甚至不习惯接受女性的权威指令，这当然和印度家庭歧视女性的文化有关。我一开始也得学习接受这种文化差异。记得有一次妈妈开车载我去某个地方时，听到我生气地说:"女人不能开车。"结果她把车停到路旁说:"女人不能开车,男孩下车走路!"于是我很快就学到一课了。

我知道妈妈在某种程度上觉得对我有所亏欠,因为马拓希需要父母亲大量的关心,因此很多时候我就只能自己照顾自己。但除此之外,我一点也不觉得有什么问题,或许是因为我在印度时就已经习惯了这种模式。我喜欢自己的独立性,而且还有许多事情是我们可以一起做的——全家人每周五都会一起到餐厅吃饭,学校放假时也会一起出门旅行。

有一次,爸妈计划好了一趟重要的家庭旅行——一起去印度。一开始我真的很兴奋,马拓希似乎也很喜欢这个想法;我们身边有许多印度风格的物品,也想过许多关于印度的事情,因此我们时常兴奋地讨论要去看什么东西、要去哪里参观。当然,我们两个都不知道自己的家在何处,因此只能通过参观其他地方,进一步认识我们原生的国家。

然而,随着出发日期越来越近,我们俩开始感到焦虑,毫无疑问,这和我们之前在印度生活时的不愉快的记忆有关。随着回去的日期逼近,那些记忆里的画面似乎也愈加清晰。原本有许多可以抛诸脑后——或至少不必再想起——的事情,全都浮现在生活在霍巴特的我和马拓希的脑海里。

我确定自己不想再回到加尔各答了,而且也出现了很严重的焦虑情绪,认为我们可以去看其他地方,很有可能那就是我的家,或至少是某处我认得的地方。虽然我很满意当时的生活,但我还是想找到我的另一个母亲——两者我都想要。我的情绪先是充满困惑,渐渐转为沮丧。或许在潜意识里,我担心自己会再度独自流浪,也可以想象马拓希肯定拥有相同心情。

　　最后,爸妈认为这趟旅行会过度翻搅我们心中的情绪,此刻最好还是不要有太多动作,让一切顺其自然就好。

# 以爱之名的领养旅程

在继续记录我的故事之前,我得先解释为何我的养父母愿意毫无条件领养两个印度小孩,完全不在意性别、年龄或其他情况。正如我之前提过的,这并非西方国家常见的领养方式。在我看来,这是一种伟大无私的行为。而他们如此选择的原因,也是我接下来要说的故事。

我的妈妈苏出生在塔斯马尼亚的西北海岸边,她和爸爸是二战后来自中欧的移民，两人的成长经历都非常坎坷。

外婆茱莉出生在匈牙利的贫穷家庭，家中共有十四个孩子。于是茱莉的父亲选择到加拿大当伐木工人，本来希望能寄点钱回家，但最后却再也没回来，他抛弃了妻子和所有的孩子。年纪较大的孩子们努力想为全家人找到出路，但战争一开始，几乎所有的男孩都得去当兵，最后全死在了战场上。当俄国军队占领匈牙利、追捕撤离的纳粹人时，茱莉全家便逃去了德国，从此再也没有回到匈牙利（匈牙利境内战争结束后，有些被迫离乡背井的村民试图回去故乡，但茱莉一家认为这样太危险。许多匈牙利人回去后，发现自己的家早已被俄国人霸占，如果想把房屋要回来，最后都会横死街头）。战争接近尾声时，茱莉刚十九岁。

外公乔瑟夫是波兰人，也有一段悲惨的童年。他五岁时母亲就去世了，父亲又再娶新妻子。继母非常讨厌乔瑟夫，据说甚至想毒死他，最后他被送去让祖母抚养。妈妈说就是因为那个继母，乔瑟夫的祖母是在非常厌恶女性的心情下，抚养乔瑟夫长大成人的。

德国纳粹在战争之初入侵波兰时，乔瑟夫加入了反抗军，参与投掷炸弹和射击等任务，但却深为自己的经历感到心烦意乱。结果身为反抗军的他，后来选择投奔俄国，最后在德国落脚。

乔瑟夫长得非常好看——身材高挑、眼眸深邃、相貌俊俏——茱莉见到他时，尽管当时处于战争尾声的乱世，两人依旧陷入爱河，结婚生下女儿玛丽后，战争也宣告结束。当时形势动荡不安，整个欧洲的街道和火车上满是离乡背井的战争难民，乔瑟夫和朱莉希望到另一个全新的世界展开新的生活。他们先想办法到意大利，然后搭上一艘以为要开往加拿大的船，结果却航向了澳大利亚。就跟许多难民一样，他们来到一处不是自己选择的地方，得善用眼前一切资源生活下去。

茱莉在奥尔伯里-沃东加（Albury-Wodonga）附近声名狼藉的邦尼吉拉（Bonegilla）多利亚移民营里待了一年，一边做一些零工一边照顾宝宝，而乔瑟夫则努力在塔斯马尼亚帮忙盖房子，自己住在工棚里。他打算找到一处适合全家人生活的地方后，就要把家人接过来——这件事情肯定让茱莉想起她的父亲——但乔瑟夫信守诺言，当有机会跟另一个家庭在伯尼（Burnie）附近的萨默塞特（Somerset）镇外共有一座农场后，乔瑟夫便把茱莉和孩子接来一家团聚了。

乔瑟夫工作非常努力，没多久就买下了隔壁农场，建成了属于自己的农舍。我的妈妈在一九五四年出生，当时玛丽已经六岁，而十六个月之后，妈妈又多了一个小妹：克里斯汀。

乔瑟夫跟许多的战争幸存者一样，有很严重的心理阴影，而且随着时间推移变得更加明显。妈妈早期的成长过程也非常难熬，尤其是因为外公的心情阴晴不定，她从小就在父亲的忧郁症、狂怒与暴力的阴影下生活。她说外公是个孔武有力的男人，但也令人畏惧。外公是在一个将殴打妻小视为家常便饭的环境里长大成人的。

乔瑟夫打从骨子里就是个波兰人，因此每天都得喝上大量的伏特加，也坚持吃一成不变的传统餐点：煎猪排搭配高丽菜和马铃薯。妈妈很讨厌这种食物，因此小时候看起来就是一个不健康的憔悴小孩。她说现在谈起当年的食物都还会让她觉得反胃。

乔瑟夫经由建筑事业赚了不少钱，也购置了大量房产。妈妈觉得他搞不好是萨默塞特的第一个百万富翁，不过几乎没有人知道他确切的身家究竟有多少。遗憾的是，慢慢地他的情况开始恶化，不仅变得有妄想症且行为疯狂，甚至因为恶性生意手段而臭名远播。他也拒绝支付产权税金。这或许跟他的心理状况有关，也可能是他拒绝承担公民权利，反正他就是拒绝纳税，后来导致家庭破碎、事业开始走下坡。

我的养母很早便要学着长大，想办法让自己脱离困境。她在十年级时，在外公坚持要她找工作的情况下只得辍学，开始在伯尼的一家药房当助手，她的薪水让自己首次拥有了独立的感觉。她一周赚十五美元，很高兴其中两美元能寄回家给母亲当家用，剩下的钱全存在一个她很得意的小盒子里，里面装着她希望有一天结婚所需的一切。饱受家中压力与营养不良困扰多年的养母，在十六岁那年，终于迎来了自己的人生的转机。

某一天的午餐休息时间，妈妈和几个朋友在吃饭时，注意到有个从霍巴特过来的年轻男子，当时如果有人从首府来，在伯尼可是个大新闻。那个男子名叫约翰·布莱尔利，后来他还向一群女孩打听她们的朋友——苏。不久后，苏便接到约翰的电话，然后被约了出去。

约翰是个二十四岁、英俊开朗、喜欢冲浪的小子，拥有一头漂亮的金发和古铜色肌肤，为人处世都随和有礼。他的父亲是英国航空公司的机长，在五十岁退休后，举家搬至气候温暖宜人的澳大利亚。青少年时期的约翰，一开始还不确定是否想离开英国，但当他踏上澳大利亚的土地，看到阳光与冲浪的生活模式后，他就再也不回头了。自此之后再没回去英国。

在妈妈遇到爸爸之前，她并无心发展男女关系，绝大部分是因为受到外公的影响。直到姐姐玛丽遇到了她的未婚夫，妈妈才第一次知道这世界上还是有性格温和、懂得尊重且不会殴打妻小的男人。这也让她知道，世界上有些男人还是可以相信的。

一九七一年，我的养父母认识一年后，爸爸得到升迁机会，必须搬至澳大利亚本岛；但他没有选择离开母亲，而是决定求婚、留在塔斯马尼亚。他们选在某个周六结婚，并且搬入了霍巴特的一间小公寓，而妈妈在新的周一就开始去离家不远的药局上班。

从妈妈的感觉上来说，爸爸就像白马王子般出现在她的生活里，深深地吸引着她，接下来两人就结婚、共同生活。两人努力工作存钱，他在塔米尔郊区河边买下一块土地，开始打造属于两人的家。到了一九七五年，二十一岁的妈妈终于拥有了自己的家。

虽然妈妈离开了伯尼，但家中每况愈下的经济状况，也对她造成了不小的影响。她的父亲乔瑟夫二度破产，第二次是因为拒绝支付一笔五百美元的税金罚款，结果被送到伯尼监禁，要清偿债务后才能出狱。妈妈和其他家人一开始并不知情，其实他在家里还偷藏了好几千美元现金，如果他告诉家人的话，他早就可以出狱了。

　　这也是家道中落的开始。法院指派的会计师为此举行了一场大拍卖，将拍卖所得的几千美元用以偿还税金和交罚款，然后还要了一大笔服务费用，让家中经济雪上加霜；旧债未清，又欠了会计师新债。妈妈三十岁时，她的父亲乔瑟夫被关进了霍巴特监狱，由于酒精戒断的影响，他变得极度暴力，最后被转进了精神病院。

　　乔瑟夫当时还借了一笔高利贷，不到一年时间就因为高昂的利息而卖光了剩余的产业，什么也没留给家人。一年后，外婆决定离开这个危险的男人；在狱中的乔瑟夫将一切都怪罪在妻子身上，还扬言要杀了她。

　　外婆后来搬进了一间公寓里，但因为附近造纸厂排放的毒气让她一直生病，当时妈妈已经领养了我和马拓希，也有足够的能力来照顾外婆，于是决定将外婆接来霍巴特同住。我和马拓希非常喜欢和外婆住在一起，后来虽然乔瑟夫出狱了，但妈妈不希望让我和马拓希受到影响，因此我们从未见过他。乔瑟夫在我十二岁时去世了。

　　妈妈经历过的苦日子让她成为一个意志坚强且韧性十足的

女性，跟其他朋友相比，她生活中的优先级也跟别人不同。她刚结婚的那几年正处在澳大利亚的变革时期：经过六十年代的社会动荡后，惠特拉姆（The Whitlam Government）接手执政，整个社会风气和政治面貌面临转型。即便如此，我的爸爸妈妈并未对此漠不关心，他们非常注意社会上讨论的其他的"可行方式"。

大家尤其担心人口过剩问题，也有越来越多的人担心几十亿人口的存在对地球环境的影响。当然还讨论过其他议题，包括战争在内。很幸运的是，爸爸没有去参加越南战争。他们的先进观点也有助于妈妈决定要走不同的路：从发展中国家领养需要帮助的小孩。

受到自身成长环境的影响，妈妈认为家庭的神圣之处不在于血缘关系。在天主教教义影响下长大的她，身处的文化中女性是必须要生育小孩的，但她和爸爸都认为这个世界上已经有够多的人了，而且有数百万的儿童迫切地需要他人伸出援手。因此两人达成共识，要组建一个家庭不见得非得自己生育孩子。

妈妈的人生中，有个神奇的时刻让她决定组建一个非传统典型的家庭。在她十二岁左右时，来自于家庭的压力让她几近崩溃，那段期间她甚至觉得自己出现"幻觉"，感觉自己全身像被电流电到一样，眼前总是会出现一个棕色皮肤的小男孩，好像就站在自己身边，她觉得一切如此真实，甚至还能感受到那个孩子的温度。这让她大吃一惊，甚至怀疑自己的精神状态，觉得是不是看到鬼魂了。但随着时间推移，她能泰然自若地接受幻觉里出现的画面，并且也选择了接受，认为这是上天赐给她的珍贵体验。那也是她坎坷的生命中，首次体会到什么叫作美好，而且她也选择去紧紧把握住它。

妈妈很早就步入婚姻殿堂，嫁给了和她有着同样想法的男人，因此才有机会让幻觉成真。虽然他们可以选择生育自己的孩子，但是爸爸妈妈还是决定要从贫穷国家领养孩子，给这些小孩一个家、一个充满爱的家。爸爸承认妈妈是家中领养计划的动力支柱。事实上，妈妈说她对这个念头的欲望非常强烈，如果两人没有达成共识的话，这段婚姻可能也就走到尽头了。幸好爸爸乐意接受，而在他们做出这一决定后，就没有再动摇了。

不过，当时有许多理由足以让他们重新思考这个决定。在他们正式提出领养申请后，随即面临当时塔斯马尼亚州政府的法律限制——只有无法生育的夫妻才能领养孩子。

在当时说辞就是如此直白，但他们并未因此改变信念。他们一方面赞助海外需要帮助的儿童（至今依然如此），另一方面也享受没有孩子的美好的二人世界，两人一起外出用餐、划船，每年还可以去度假。

尽管如此，领养孩子的想法一直在他们心中盘旋不去。虽然他们不受生理时钟的限制，当时却出现另一种时间限制——法律规定，为了避免年纪过大的人领养孩子后却无法照顾，领养夫妻之中年轻的一方和孩子之间最多不能相差超过四十岁——这似乎也不构成任何影响，因为他们并未要求领养特定年龄的孩子。

在他们达成领养共识后的第十六年，有一天，妈妈在街上看见一个棕色皮肤的美丽小女孩玛睿，她是由当地一户已经有亲生儿子的家庭所领养的。妈妈意识到这代表禁止有生育能力的夫妇领养小孩的法律肯定已经修改了，她全身起了鸡皮疙瘩，有种不可思议的感觉，甚至觉得眼前的这个小女孩可能就是自己十二岁时看到的，那个站在她身边的小男孩的幻影在现实中的再现。

她赶紧再度询问领养事宜，并且非常开心自己的猜想得到了证实，她和爸爸可以从海外领养小孩了。两人长期以来虽已拥有既定的生活模式，但要开始实施领养海外儿童的计划却没有丝毫犹豫。

经过一连串的访谈、文件准备与警方检查确认后,他们获得了领养许可,接着就是要选择特定国家。他们从维多利亚州的领养团体那儿听说加尔各答的ISSA机构十分具有人道主义精神,且对迫切需要新家的印度儿童领养工作的处理速度比其他地方效率高。

妈妈一直都很喜欢印度,也知道那时当地人民的生活情形:一九八七年的澳大利亚人口数约为一千七百万,而同年印度约有一千四百万个十岁以下的儿童死于疾病或饥饿。领养一个印度儿童,对解决印度境内困于疾病和饥饿的孩子数量来说或许是杯水车薪,但至少是他们所能做的事情,至少能彻底改变一个孩子的人生。因此,他们选择印度。

有些准备领养孩子的父母,等了十年才等到符合自己领养条件的孩子:他们可能想领养襁褓中的婴儿从小开始抚养,或者指定想要男孩或女孩,或是有年龄要求。但我的养父母觉得给需要帮助的儿童一个家才是最重要的,而非以个人喜好作为挑选领养儿童的原则。因此,他们只说想要"一个小孩"。

索德太太所管理的ISSA的宗旨是:"哪里有孩子在等待,哪里有家庭在等待,ISSA就会为双方搭起桥梁。"

而我们家的情形真的就是如此简单。在爸妈提出申请后没多久，他们就接到了电话，说有一个名叫萨鲁的孩子将由他们领养，而且这个孩子不知道自己姓什么，连从哪里来都不知道。妈妈表示，打从他们看到ISSA从法院档案中复印寄来的照片时，他们能感觉到，我一定是属于他们的孩子。

当一切成真时，妈妈开心极了，但她还是得保持冷静：在她内心深处，一直觉得十二岁时所看到的幻影，其实就注定好了她会领养孩子的命运。在他们决定领养小孩后，似乎也是命运的安排，让他们等待十六年、等待我的到来。接下来的过程就很快了——提出申请七个月后就得到了回复，在他们点头同意过去不到三个月，我抵达了澳大利亚。

妈妈认为澳大利亚人应该多考虑帮助其他国家困苦的儿童，不管是通过赞助或领养的方式都好。官僚体系所造成的压力，导致马拓希的领养手续延宕许久对她影响很深；事实上，妈妈还因此大病一场。她支持改革，将澳大利亚各地对跨国领养的不同法律统一成单一的联邦法。她批评政府将明明很简单的事情变得复杂而困难。她认为如果能将领养过程简单化，或许会有更多家庭愿意加入领养行列。

妈妈的故事让我觉得自己格外幸运，甚至是受到祝福。因为童年的悲惨遭遇让她变得更加坚强，并让过去的经验发挥价值。我希望有一天自己也能做出相同的事情，相信马拓希也一样。因为妈妈对童年阴影的了解，让她成为被领养的小孩眼中一个非常棒的母亲，也对长大成人后的我有着深远的影响。

我爱我的妈妈，更尊敬她选择的生活，以及她和爸爸所做的决定。当然，对于养父母赋予我新的生活，我永远打从心底深深感激。

## 谷歌地球开启寻根曙光

　　中学时期，那幅印度地图还贴在墙上，但我眼里只剩下旁边的红辣椒乐队海报。我已经彻底成为一名不折不扣的澳大利亚人，并以身为塔斯马尼亚人为荣。

　　我没有忘记过去，也不会停止想念在印度的家人。我坚持牢记童年的细节，也时常在脑中回忆，像是在对自己诉说一个故事。我在内心祈祷，希望母亲依然健在。有时我会躺在床上，在脑海中描绘家乡的街道，想象自己穿过街道走回家，打开门便能看到熟睡的母亲和谢姬拉。如果能通过意念回到他们身边，我希望能借此传递讯息，让他们知道我一切都好，不必担心。那犹如冥想，但我心里清楚，这些记忆是我生命中的背景，而非前景。

我的青少年时期跟大部分孩子一样。在中学校园里，来自不同种族背景的孩子比小学阶段更多，尤其是希腊人、华人和其他的印度人，我以前感受到的差异性也在这个阶段消失于无形。我交到好朋友，也加入学校乐团担任吉他手，还参与许多运动，特别是足球、游泳和体操。也因为学校不大，有助于马拓希安定下来。

我还是很独立，习惯独自做事情。十四岁开始，我就会跟朋友一起溜到当地码头边偷喝酒，也很快交到女朋友。我不会说自己特别疯狂，但干些蠢事、浪费生命的时间却是越来越多了。或许可将这一切归咎于我的童年与领养生活，不过坦白说，我只是做些一般年轻人会做的事情罢了。

我不算特别会读书，学校成绩也受到课外活动（例如运动和社交）的影响，差到濒临养父母的忍耐极限。爸妈都是认真努力工作的人，在他们的眼中，我的行径无异于一个缺乏生活目标的人。于是他们下达最后通牒，给我几个选项：第一，十二年级结束后就离开学校去找工作（马拓希后来选择了这条路）；第二，认真念书考大学；第三，从军。

这件事让我瞬间惊醒。从军的想法与意义打醒了我——它所代表的团体生活制度让我想起住在失踪儿童之家期间的生活，那是一段我不愿再忆起的过往。爸妈的最后通牒也产生了正面效果——我想起在印度时，自己是多么渴望能上学。如今我拥有曾经连想都不敢想的生活，并且乐在其中，但或许我并未让这个宝贵机会发挥最大的价值。

这个刺激大到足以让我发奋图强。自此之后，我变成模范学生，下课后就把自己关在房间里复习功课，成绩也跟着突飞猛进，在班上名列前茅。学校毕业后，我选择了澳大利亚职业技术教育学院（TAFE）的三年制会计文凭课程，打算以此作为进入大学的敲门砖。同时，我也在餐饮服务业找到工作。

自从那次被点醒之后，爸妈就未再对我施加任何压力或要求我选择特定发展方向，他们也从未让我感觉到因为自己被收养而亏欠了他们什么，只要我能好好认真过生活，他们会支持我的任何决定。看到我完成文凭课程，他们也很开心；但我最后没有选择进入大学。我后来发现自己对钱和数字十分感兴趣，也非常喜欢餐饮业的社交工作，因此乐于将会计知识摆在一旁。

　　有好几年的时间我都是边工作边玩乐——我在霍巴特附近的酒吧、俱乐部和餐厅工作过,天天就像在电影《鸡尾酒》(*Cocktail*)里那样转瓶子,晚上玩乐队,那是一段美好的日子。可是当我看到同事的工作都在原地打转、没有前景可言时,我知道自己想要的更多,于是决心要拿到餐饮管理的专业证书,让自己在工作领域更上一层楼。而我运气很好,获得堪培拉的澳大利亚国际酒店学校奖学金。也因为我的工作经历,校方同意让我将三年的课程缩短为一年半。

　　虽然当时我还住在家里,但大部分时间都在工作、念书或待在女朋友家,因此搬出去住也只是早晚的事情。我想,我的养父母也很高兴我踏出了这一步。当我决定收拾行李搬去堪培拉时,在大家看来似乎是一件很自然的事情。

　　结果证明,这是我做过的最棒的决定。也正是在堪培拉期间,印度的一切又毫无征兆地出现在了我心头。我开始在心里盘算,如何才能找到童年的家。

　　二〇〇七年搬入堪培拉的学校宿舍后,我随即发现那里不只有许多国际学生,而且大部分都来自印度,主要是来自德里、孟买和加尔各答。

  我在中学时就认识其他的印度小孩，但他们跟我一样都是在澳大利亚长大的。如今认识这群新同学是完全不同的经验——他们跟我说英文，不过自己聚在一起时就讲北印度语。时隔多年后，我又再次听见这个语言。我几乎彻底忘记了自己的母语——中学时的印度同学也只讲英语，因此一开始我内心经历了某种逆向的文化震撼。在国际同学的环绕下，我的印度魂几乎荡然无存——我不是什么外国人，我就是一群印度人当中的澳大利亚人。

  我能跟他们打成一片的原因很简单，因为我们来自同样的地方，有些人甚至就来自我曾经迷路过的城市。我们曾走过相同的街道、搭过相同的火车。他们对我很感兴趣，也欢迎我加入他们的社交圈。也就是因为这群人，二十六岁的我开始萌生探索当印度人的感觉。

  我不是指从政治或学术角度而言，也不是通过养父母曾经让我尝试接触、让我感到别扭的慈善机构；而是跟这群同学相处，我觉得可以很自然地融入印度文化。我们一起吃印度菜、去俱乐部，一同到周边城市踏青，或在某人家里看印度歌舞电影，看那些宝莱坞式的动作、爱情、喜剧电影与戏剧。这无关对错，我也没有被强迫的感觉，就是单纯的一种自然的生活方式。我所接触的对象就是普通的印度人，他们没有被领养的背景，也没有什么悲惨遭遇。他们鼓励我学习母语，我也通过他们得知印度在现代化之下所发生的某些巨大的转变。

后来，我告诉他们我的故事。这一次，我说出在火车站发生的事情时，感觉跟以前截然不同，眼前听故事的人知道我说的是加尔各答最大的豪拉火车站，也知道旁边的河流是胡格利河。大家都很惊讶，尤其是来自加尔各答的同学，他们真的能跟我的经历产生共鸣。我知道对他们而言，经历过这些事情的人现在能在堪培拉和他们相聚是多么不可思议的事。

这些对话后来引发两起效应。首先，经过多年后，我的过去在此刻变得更加鲜明。尽管我一直不断在脑中回想，试图保存记忆，但其实我已经很久不曾开口说过了。我曾经告诉过某些特别的人，大部分是历任女友；听过的人不多——不是因为我引以为耻或想把它当成秘密，而是因为这些事情对其他人而言似乎都不重要。每次我告诉一个人，对方总会提出一堆问题要我回答，我甚至觉得这改变了别人打从根本上对我的看法，而且是不必要的改变——对他们而言，我不再是萨鲁，而是"曾经在加尔各答街头流浪的萨鲁"。但多数时候的我，就只想单纯地当萨鲁。我现在说话的对象知道我在讲什么，这感觉就不一样了。我相信这会改变大家对我的看法，通常也会因此更了解对方，而非凿开鸿沟。这种说话方式更清楚地唤醒了我心中的记忆——跟其他澳大利亚人说同样的事情感觉很抽象，不管对方如何同情我，或努力设身处地想象我所经历过的事情，对他们而言都像在听童话故事。而现在跟眼前这些同学说，因为他们也在同样的地方生活过，这一切就变得更加真实。

其次，跟真正来自印度的朋友分享我的故事，连带也唤起了他们心中的侦探本能。他们询问我许多问题、问我究竟还记得多少，想要解开我的家乡地点之谜。他们的眼神让我觉得，这是继当年在豪拉火车站之后，让我首度感觉到还有希望找出答案。这里有一群熟悉印度这个国家的人——也正是在我迷路之初所需要的大人。或许我现在终于找到可以帮助我的人了。

因此，我试图在朋友身上拼凑线索。这么多年来，我第一次有机会理清五岁时完全搞不清楚东南西北的童年地理记忆。加尼斯塔雷可能是我居住的小镇，但也可能是地区或街道名称，还有我独自搭上火车的车站附近的地方好像叫作"巴拉玛普尔"。

我提醒朋友们，关于我所提供的讯息片段，加尔各答政府当局已经尝试找过，但完全没有任何结果；不过我的朋友依然认为这是一个好的开始。我承认自己不确定到底被困在火车上多久，但我肯定是在晚上上车，隔天中午前抵达加尔各答，当时绝对是白天。虽然街头生活的创伤深深地烙印在我心底，不过最初也是最深的伤害——单独被困在火车内，感受到远离家乡无能为力的心情——才是真正笼罩着我的阴影。这些痛苦的记忆一幕幕浮现，我一直觉得自己受困在火车上的时间大约是十二至十五个小时。

我其中一名女性朋友阿曼蕊，曾问过她在新德里印度铁路局工作过的父亲，在距离加尔各答当天车程外的地方，是否有与我口中的地名相符合的城市。我感到既兴奋又激动，这就是我二十年前在火车站月台上一直渴望得到的帮助。

一周后，她的父亲传来消息，表示从未听过加尼斯塔雷，可是在加尔各答郊区有个地方叫作布拉赫马普尔（Brahmapur）；西孟加拉邦东部偏远地区也有一个地方叫巴哈拉姆普尔（Baharampur）；在奥里萨邦（Orissa）的东海岸，之前有个地方叫本哈马普尔（Berhampur），现在又称布拉赫马普尔（Brahmapur）。第一个地方——在加尔各答郊区——肯定不是。但这不禁让我想到，为什么我在豪拉火车站问过的人都没有想过可能是这里？是我的发音错误？还是他们无心停下脚步好好听我说话？

　　第二个地方和第三个地方似乎也不像。我不认为这两处地点与豪拉火车站距离远到符合我的受困时间，但我也想过自己搭上循环路线的可能性。奥里萨邦距离东海岸不到十公里，而我是搭飞机来澳大利亚时才第一次见到海洋。之前我会在镇上不远的湖泊旁看夕阳，但飞机下方的广阔大海让我深感震撼。我有可能在离海边如此近的地方却从不知道吗？另一方面，我的朋友们认为，依我的长相来看，我很有可能是来自西孟加拉邦。这让我想起以前在霍巴特时，妈妈提过有些老印度人会说我可能来自东部。会是我对火车相关的记忆有误吗？还是在五岁受惊的小小心灵中，时间与距离错乱了？我在心中埋下怀疑的种子。

　　除了朋友们的直觉外，我也开始在网络上搜寻资料。小学时家里就装设了网络，只是当年网络所扮演的媒介角色跟现在大不相同。那时候是宽带时代之前的拨号上网时期，网速之慢可以说是令人发指的，而我们现在使用的网络在我小学刚毕业时才处于发展初期。我上大学时，维基百科也才刚萌芽。时至今日，任何你能想到的东西，无论再抽象，都很难有什么资料在网络上是查不到的；但在那个时候，网络都还是电脑玩家跟学术世界的天下。

当时也没有社交网络，要接触陌生人不是一件容易或寻常的事情。电子邮件是比较正式的沟通工具，不过你无法以匿名方式接触外界。我不是没有为我在印度的过去想尽办法，只是在网络新工具能发挥有效作用之前，我没想到可以利用这个媒介。

大学时期，在印度友人的鼓励下，我在房间的书桌上装设了电脑与二十四小时上网的网络，开始以类似"加尼斯塔雷"的拼音搜寻各种信息，但一无所获，最后也没找到任何有用的资料；类似巴拉玛普尔的地名同样也查不到任何资料。这当中有太多的可能性，却又找不到值得进一步追查的地方。

就算我对地名与受困时长有所怀疑，可是我对家人的记忆、对孩提时走过的家乡街道的印象绝对毋庸置疑。我是从巴拉玛普尔火车站上车，一闭上眼睛就能清楚看到车站画面，例如月台位置，月台一端有大型天桥，高处还有水塔。无论是朋友建议提出的，还是我自己从网络上找到的地方，如果有人认为哪里可能是我家，只要我能看到画面，就可以判断是不是。我不确定的只有地名。

地图对我毫无帮助。我知道地图上某个地方就是我家，但前提是我得找到正确的地点；我手边唯一的地图没有精细到能显示印度所有的小村庄，更别提邻近地区的环境或我所需要的详细街道图。我所能做的只有寻找类似的地名，根据该地点与加尔各答的距离，加上我脑中的印象逐一搜寻判断。尽管如此，即便我找到类似巴拉玛普尔或加尼斯塔雷的地名，也无法判断这个地方是否与我有关。是这个地方吗？谁知道？我如何能判断那摇摇欲坠的房屋或正确的火车站是否就在那里？我脑中甚至闪过一个念头，想直接飞去西孟加拉邦做地毯式搜索，不过当然只是想想而已。像这样在地图上东拼西凑寻找全国类似的地方，我又能持续多久？印度这个国家太大了，这跟我当初在豪拉火车站①随机跳上火车一样毫无章法可言，接着，我想到有一种地图可能有助于我扫遍印度的地理景观，而且只要坐在书桌前就能办到：谷歌地球（Google Earth）。

许多人应该都还记得第一次看到谷歌地球的感觉，它所提供的卫星画面代表任何人都可以像航天员一样从天空俯瞰全世界。你可以看到整个大陆、各个国家与城市，或是寻找地名，然

---

① Howrah Station，位于胡格利河西岸的豪拉市，通过附近的豪拉大桥与加尔各答相通，是印度第二古老的火车站，也是该国最大的火车站之一。

后放大自己感兴趣的地方，浏览许多惊人的细节；可以近距离看到埃菲尔铁塔和归零地（美国世贸中心废墟），甚至是你家。

事实上，大家一开始做的事情似乎都一样——放大自己家附近的地图，看看像一只小鸟或像上帝般俯瞰底下世界会看到什么画面。在我得知谷歌地球的功能后，我的心脏扑通扑通地加速狂跳。如果找对了地方，我能看到小时候的家吗？谷歌地球简直就是为我发明的完美工具。我坐在电脑前，开始动手搜寻。

既然从没有人听过加尼斯塔雷，我想巴拉玛普尔应该是比较可靠的参考地点。如果能找到的话，我家应该就在铁路沿线上。因此，我以发音与巴拉玛普尔相似的地点为目标进行搜索，却一如往常般出现一堆结果——印度各地都有许多类似的地名，好几处的地名甚至一模一样。布拉赫马普尔（Brahmapur）、巴哈拉姆普尔（Baharampur）、本哈马普尔（Berhampur）、布拉赫马珀尔（Berhampore）、毕拉姆普尔（Birampur）、布鲁姆普尔（Burumpul）、伯赫马伯尔（Burhampoor）、布拉赫姆普尔（Brahmpur）等。

我想，开始应该从阿曼蕊父亲建议的两处地方下手比较合理：西孟加拉邦和奥里萨邦。谷歌地球所提供的卫星图片显示缓慢,但很精准,能清楚显示各城镇的画面,这正是我想要的。在谷歌地球的协助下,我就有希望找到记忆中的地标,并期盼能像亲身经历般地轻松指认正确地点;至少这像搭乘热气球,假装自己从上方俯瞰底下街道。

西孟加拉邦的巴哈拉姆普尔①附近有好几处火车站,但都没有我记忆中的天桥,城外铁路沿线也没有一处地名发音与加尼斯塔雷相似。我印象中的火车路线曾经过好几个大湖泊,也很确定从火车上就能清楚看见,而且我从未在别处看到过类似的景色。事实上,地图显示的小镇周围环境看起来就不对,我想寻找的地方是在铁路沿线有连绵山丘,但跟这里一点都不像,而且放眼望去太过翠绿。我来自一座尘土飞扬的小镇,周围有几块农田。当然,这一切或许会随着时间改变,现在也已经有了灌溉系统,也加大了绿化程度。但其他的条件似乎还是跟我记忆中的场景不吻合。

而奥里萨邦的布拉赫马普尔②位于干燥地区,火车站的轨道两旁各有一条深长、盖有屋顶的月台,跟我在寻找的简易月

---

① Baharampur,位于西孟加拉邦 Murshidabad 县的城镇。
② Brahmapur,位在奥里萨邦 Gan iam 县的城镇。

台截然不同，而且没有水塔踪影，倒是有许多类似筒仓的东西。如果我以前见过这画面，肯定不会忘记。此地的沿线铁路同样没有类似加尼斯塔雷的地名。况且从图片上看来，这座城市非常靠海，我很确定自己不可能没注意到这一点。

这些地方看来都不是我的家乡——还有很多类似的地点——虽不足以让我放弃，却也够让人沮丧了。我不禁心想，在我离开之后，家乡到底改变了多少？火车站有可能重新整修或重建，城乡会发展，附近道路也会改变。如果改变太大，就算我把所有地方全找过一遍，可能也无法一眼就认出记忆中的家园。

尽管谷歌地球的功能本质很完善，也可能正是因为这点，我想借助它找到家乡显然会是一项浩大的工程。如果不能确定地名，我便无法凭借搜寻功能找出答案。而且就算找到正确区域，我也无法从空中辨认出来。该如何才能确定所有细节？最重要的是，当年的网络速度与电脑配置都比现如今逊色许多——谷歌地球是个神奇的工具，但由于资料太过庞杂，要用它来观察遥远的地球彼端，实在是一件耗时费力的工作。

如果要认真念书，我就不能将所有时间耗费在谷歌地球上。因此一开始的兴奋期结束后，我告诉自己这样只是浪费时间,不要在这件事情上花费太多心思。我能腾出时间的时候,会搜索几处觉得有可能的地方,几个月下来都着重在加尔各答的东北边寻找,但依然找不到任何相似的地点。

有好长一段时间,朋友们都习惯听我嚷着要放弃寻找,但只有我自己清楚,这件事仍在我心头萦绕不去。许多扮演侦探角色的印度同学都已经回国了,其他人发现我并没有因为此事像他们想象中那样陷入困扰中后,也都选择让它顺其自然地发展。

最后,我让整件事情悄悄地沉淀了下来。一开始的寻找方式有些抽象,犹如大海捞针,很难想象能找出什么东西,而且这件事情似乎也超出了我能力范围。我当时还在上学,一方面需要非常多的精力用来专注在学业上,另一方面也不想将剩下的时间全部耗费在电脑桌前。有些人甚至好心提醒我,这样的寻找过程可能会将自己逼疯。我在澳大利亚长大,生活在一个充满爱的家庭,是命运将我从困境中带到另一个舒适的生活环境——接受过去已经成为过去的事实,好好继续过往后的生活。

我意识到自己对记忆还是感到害怕,甚至有些防御——我与记忆的相处时间太长,甚至紧抓不放,渴望完整保存记忆与其所包含的希望。如果我回去寻找却什么也找不着，是否意味着我必须彻底和过去划清、切割界线，然后继续好好过日子？如果找不到我的家与家人，我要如何将他们继续留在记忆中？在没有把握的情况下回去，可能会摧毁我最后的一线希望。

探索热度冷却后，我完成了学业，在二〇〇九年搬回霍巴特，并且在酒吧找到工作养活自己。虽然我拥有学位证书，但没过几周就意识到自己对餐饮业已经不感兴趣了。我还在堪培拉时，这件事已有迹可循，不过我想至少还是得先完成学业再说。

我就像所有的年轻人一样，都有彷徨的时刻，不知道该何去何从——至少得想清楚自己要走哪个方向。除了每个选择所具备的意义之外，我们得想清楚，人生中什么才是最重要的。对我而言，答案正是家庭，这一点也不意外。或许离开霍巴特一段时间后，我对这方面的体会认知变得更加深刻。我过去的兴趣加速了我重新思考与霍巴特家人的关系。布莱尔利的家庭事业让我有机会重新整理人生，我也很开心养父母认为这是个好主意。

爸爸妈妈有自己的事业，专卖软管、接头、阀和水泵，全都由父亲管理。在一次机缘巧合下，爸爸开始经营这项事业，而开业的第一天正是我抵达澳大利亚的那一天——他把祖父留在全新的办公室接电话，自己和妈妈到墨尔本接我。

参与家庭事业，意味着每天要和爸爸一起工作，而我很快就发现这是一个非常正确的决定。跟爸爸一起工作总是充满启发性。我想在某种程度上，他的坚持、工作道德与专注力成功地影响了我。他让我时时保持忙碌，也因此拉近了我们父子的关系。马拓希后来也选择了同样的路，我们现在都在一起工作。

同时，我也展开了一段新的感情，并与女友同居。搬回霍巴特后发生的事情时时提醒着我，寻根并非我生命中最重要的事情。我知道对有些人来说，这听起来可能很奇怪。被领养的人，无论是否知道自己的亲生父母是谁，经常会说自己有种失落的痛苦；没有联结，或不知道自己从何而来，总感觉自己的人生不完整。但我没有这种感觉。我从未遗忘印度的母亲与家人，也永远不会忘记；可是与他们分离并不会阻碍我追求完整且快乐的人生。

为了生存，我很快便学会把握眼前的每个机会；一有机会就要把握，并且向前看。我能拥有现在的人生，有一部分要感谢当年被领养的机会。因此，我努力将注意力放在自己所拥有的人生上。

## 专注于未知而忘了已知

相较于所有人而言,我应该非常了解生命总有许多出其不意的转折,但有许多事情的发生仍经常让我感到意外。也许我比较善于处理某些情况——例如换工作、换生活地点,甚至是幸运之神的降临——但我面对这些事情的情绪与他人无异,甚至可能更困难。

和爸爸共事、学习当销售员的日子非常愉快,至今我仍从事这份工作;可是我与女友的关系却被我处理得一塌糊涂,最后不愉快地分手了。尽管我是提出结束的一方，自己却感到失落，而且非常后悔。我搬回去与养父母同住，也经历了一段充满情绪冲突的黑暗期：抗拒、失望、痛苦、孤独与失败感。我有时无法工作，或是经常不小心犯错。养父母每天都在想，我到底何时才会变回以前那个正面、积极向前的男人。

而这些年来，我很幸运能认识一些好朋友。拜伦——是我沉迷酒吧、俱乐部的那些日子里偶然认识的，最后在他的建议下，我搬入他家的空房间住了一段时间。拜伦后来成为医生，并帮我介绍新朋友。他的善意与我的新朋友们帮助我走出了生命的晦暗期。如果家人是我生命中最重要的一部分，朋友的重要性也相去不远。

拜伦一直很外向，也很会享受人生。我有时会跟他一起行动，有时也喜欢独自待在家。虽然不再感到忧郁，但是我偶尔还是会想起与女友的分手，心里同时也在思忖，我要如何将自己的存在视为独立个体，而不是两人关系中的一部分。尽管我不认为童年阴影对这段疗伤的过程有何影响，但也免不了让我再度努力回想我在印度时期的生活。

拜伦家中有宽带网络，而我有一部全新的高配置笔记本电脑。即便在我的人生中，有一段时间并不觉得迫切需要找回自己的过去,但我始终不会忘记或完全抹灭过去的存在。在生命的新阶段,我与养父母的关系因为家庭事业更加紧密,也让我有足够的安全感去面对寻找家人所需经历的情绪风险。

没错,生命中有许多失去——每次寻找家人的失败,都会一点一滴摧毁我对记忆的肯定——但我也有许多收获。我是否刻意回避进行寻找?我以为自己有信心面对挑战并且能完全接受事实,但其实是高估自己了呢?反正只不过是另一次的失败,就像青少年时期迷失的过程一样,不是吗?虽然机会渺茫,但万一我真的找到了呢?我怎么能错过找回过去,甚至是找到亲生母亲的机会呢?

于是,我决定低调地重新展开搜寻,可能也顺便找回积极的人生观。或许重拾过去有助于构建我的未来。

一开始,我并非疯狂寻找。

如果拜伦不在家,我大概会花一两个小时将鼠标移过各个以B字为开头的城市,或者随意浏览印度东部海岸的乡镇;我甚至仔细看过德里附近、位于印度中北部北方邦(Uttar Pradesh)上的毕拉姆普尔(Birampur),但那里距离加尔各答远得夸张,我根本无法在十二个小时左右跑这么远,而且那里连火车站都没有。

随机寻找城镇名字的搜寻方式非常蠢,尤其是我根本连地名是什么都不确定。如果想通过网络地图搜寻,就得有一套有效的策略和方法。

我把自己记得的细节彻底回忆了一遍:我来自伊斯兰教徒与印度教徒混居着生活的地方,而当地居民使用的语言是北印度语,但印度大部分地方都是这种情形;我记得户外炎热、睡在星空下的夜晚,这至少说明我家不会是在北边的寒冷地区;我也不住在海边,但不确定是否会住在海边附近;我也不是住在山区;我居住的镇上有一座火车站——印度铁路网密布交织,但不是所有的村庄和城镇都在铁路沿线。

我还记得以前在学校,有人说我像是来自印度东部,可能是在西孟加拉邦附近。我心里对此是存疑的——这个地方在印度东边,紧邻孟加拉共和国,还涵盖部分的喜马拉雅山山区,这肯定不对;而恒河三角洲的部分看起来绿意盎然、土壤肥沃,肯定也不是我的家乡。不过,既然这些人拥有在印度生活的经验,如果我选择无视他们的直觉反应,倒也不是明智之举。

我也想过,只要我记得的地标够多,一看到家乡的画面肯定就能认出来,或者至少能缩小搜寻范围。我知道小时候玩耍的河边上有一座桥，附近有水坝石墙防止河水漫延到下方。我知道如何从家里走到火车站，也记得火车站的外观。

印象最深的另一座火车站就是B字开头的那座，那也是我上火车的地点。虽然我跟哥哥们去过好几次，可是他们从不让我离开火车站，所以我对车站外的环境一无所知，只看见过出口后方有让马车和车辆通行的小圆环，圆环后面有一条道路通往镇上。除此之外，还有其他明显特征：我记得火车站的建筑，以及那里只有两条轨道，轨道的一端有座塔楼，塔楼上有修建着大水塔，还有一座横跨铁轨的人行天桥。火车从我家开往这座镇上时，在进站前会经过一座小峡谷。

如此一来，我对可能是家乡的地方便有了概略的想法，并且找到了一些方法辨识加尼斯塔雷，以及那个B字开头的地名——如果我能找到的话。现在我需要更好的搜寻方式。我发现这些地名本身就够让人抓狂的，这肯定不是着手展开搜寻的正确方式。于是我想到了流浪的终点，我知道那个B字开头的地名与加尔各答之间有火车连接。依照逻辑判断，只要我以加尔各答为中心向外延伸，早晚能找到我的起点，然后该地就离我家不远了，不过这一切都取决于铁路的连接方式，搞不好我还可能先找到家，但这种可能性不禁令人却步——加尔各答的豪拉火车站是全国交通中心枢纽，有无数的铁路在此交会，而我乘的火车很可能以"Z"字形与此复杂网络中的任何一点交会，实际的路线可能不像我想的那样简单而直接。

即便由豪拉火车站向外延伸的铁道弯弯曲曲，但在特定的时间内，火车的行进范围还是有限的。我想，我在火车上待了大约十二到十五个小时之间，如果以此计算的话，就能缩小搜寻范围，太远的地方可以直接排除。

为什么我之前没想清楚呢？或许我太执着于问题的规模，却忘了最直接的思考方式，也或许是我太专注于未知而忘了已知吧。我恍然大悟，我可以将这折腾人且费力的工作变成简单且只需内心专注的事情。如果在谷歌地球鸟瞰图的帮忙下，想找到家只需要时间和耐心的话，我就会去做。我要全心投入到这场挑战智慧与探索情感并重的任务中去。

首先，我必须先划定搜寻范围。印度的柴油火车究竟能跑多快？八十年代至今又改变了多少呢？我想到上学时认识的朋友或许能帮我解答这些问题，特别是阿曼蕊，她的父亲曾经是铁路工人。因此，我马上跟他们联系，得到的答案都是大约一个小时七十到八十公里。这似乎是个好的开始。以我被困在火车上一晚、大概十二至十五个小时来算,我想自己当时应该被火车载了一千公里左右。

这么说来,我要找的地方就是距离豪拉火车站铁道沿线一千公里左右之处。通过谷歌地球,我可以在地图上精准地画出路线距离。于是,我以加尔各答为中心,将周围一千公里的地方圈起来存档,以此为搜寻范围。这表示西孟加拉邦也在范围内,我的搜寻区域包括恰尔肯德邦(Jharkhand)、恰蒂斯加尔邦(Chhattisgarh)和中部中央邦(Madhya Pradesh)境内的西部地区,南至奥里萨邦至比哈尔邦(Bihar)与三分之一的北方邦境内,以及印度东北方山脉大部分的地区,包含孟加拉共和国在内。(我知道自己不是来自孟加拉国,否则我会说孟加拉语,而不是北印度语,后来也证实两国之间的铁路是前几年才修建完成的。)

搜寻范围涵盖了将近九十六万两千三百平方公里,超过印度领土面积的四分之一,范围之广实在让人难以想象,搜寻范围里住着约三亿四千五百万的人口。就算我试着不让情绪影响此事,却还是忍不住地去想,有可能在如此之多的人口中找到我们家的四个人吗?

虽然我的计算全凭猜测,得到的结果也非常概略、粗糙,而且即便搜寻范围广大,比起全国面积感觉已经缩小许多了。我不必再像大海捞针,只需专注在可以掌控的范围,如果看到不是的地方也可以直接排除。

搜索区内的火车路线并非直线延伸,途中有许多转弯和交叉口,因此在到达搜索边界前,火车早已行驶超过一千公里。我打算从加尔各答开始寻找,因为这是我唯一确定的地方。

我第一个放大的地点是豪拉火车站,看着一排排灰色屋脊的月台屋顶,还有宛如磨损绳索尾端的扩散轨道,我的记忆瞬间回到了五岁那一年。在高科技设备的辅助下,我又像当年抵达火车站后的第一个星期一样,随机搭乘火车看看能否找到回家的路。

我深呼吸,随意挑选一条路线,沿着路线滚动鼠标。

过程非常缓慢。即便有宽带网络,我的电脑也需要时间显像——一开始出现像马赛克般一点一点的像素,然后才变成清晰的航空照。我寻找认识的地标,尤其注意各个车站,因为那是我记得最清楚的地方。

我后来又缩小画面,想看看自己沿着铁道走了多远时,才意外发现原来数小时的搜索进展如此微小。但我没有沮丧或不耐烦，反而有着无比坚定的信心，相信只要继续寻找，肯定能找到自己的故乡。这样的想法为我带来平静感，我继续坐在电脑前搜寻。事实上，我很快就被眼前的画面所吸引、难以抗拒，每周有好几天晚上都是坐在电脑前度过的。在我睡觉前，我会标示当天搜寻过的铁道范围，然后存档，下一次再从该点继续寻找。

我看到货场、天桥、地下通道、河上桥梁和十字路口。有时我会跳过某些地方，然后又紧张兮兮地回头重新检视那块区域，提醒自己如果不按照方法行事，我永远无法保证自己确实找过每一个地方。沿着铁道沿线逐一搜索——我没有直接选择看大车站，以免遗漏小车站的可能性。如果我发现搜寻路径已经抵达设定边界，就会回到该路线的前一个十字路口，往另一个方向继续寻找。

记得有一天傍晚，我往一条铁路北方搜寻，看到在城外不远处有一条小河。我屏住呼吸拉近画面，但没看到水坝石墙；我在心里问自己，有没有可能是被拆掉了呢？我连忙移动鼠标、放大影像，周围的乡村景色看起来与记忆中相同吗？那个地方看起来很绿，但我住的镇外郊区有许多农田。我看着眼前画面变得清晰。太小了，肯定太小了。不过从小孩的角度来看……而且那座火车站附近的铁道上还有高架天桥！但镇上周围一大片空白区域又是什么？三个湖泊，甚至有四五个，就在小村庄的边界处——这一定不是我要找的地方。肯定不会有人把所有居民迁走，就为了在那里设置湖泊，而且我知道，许多车站都有天桥，不少城镇也坐落在人们赖以生存的河边，也是铁路的必经之处。我酸涩疲惫的眼睛不知有多少次看到过类似的地标，然后发现自己又认错地方了。

在无数个夜晚，我就这样抱着笔记本电脑搜寻，经过了数周，甚至长达数个月。拜伦则负责在某些夜里把我拉到外面的真实世界，让我不要变成整日盯着电脑的网络宅男。一开始，我地毯式搜索了西孟加拉邦和恰尔肯德邦，都没找到类似的地方，但这至少说明我能先排除加尔各答附近的地区。其实我的许多印度朋友都认为，我应该来自更遥远的地方。

几个月后，我很幸运遇到一个人，展开了一段新的恋情，也让我的专注力暂时从寻找故乡的事情上转移了出来。我和丽莎一开始的感情并不顺利，在稳定下来之前，两人几次分分合合，这表示我在网络上寻找家乡的过程也是断断续续的。

我不知道别人的女朋友会如何看待另一半把时间都花在电脑地图上，但丽莎知道这件事情对我的重要性，因此一直都很有耐心，也很支持我。她跟许多人一样对我的过去感到惊讶，也希望我能找到答案。我们在二〇一〇年搬进了一间小公寓。在那些夜里，我把看电脑地图当作消遣，就跟打电子游戏一样。丽莎说，即便在我们俩的热恋期间，我还是很沉迷于电脑。现在回想起来，应该真是如此。

经过这么多年，我的故事一直存在于脑海和梦中，可以感觉到自己已经一步步靠近答案了。我决定这一次不要再听任何人说"该是继续往前看的时候"或是"印度到处都是这种地方，你不可能找到家的"这种话。丽莎从不会对我说这种话，在她的支持下，我更加坚定一定要成功。

我没让太多人知道这项计划，就连养父母都不知道。我担心他们会误会我的动机，以为我密切寻找是因为不喜欢他们所给予我的生活，或是不满意他们抚养我长大成人的方式；我也不希望让他们觉得我是在浪费时间。所以，即便这件事情占据我越来越多的时间，我还是把它当成自己的秘密。通常我跟父亲一起工作到傍晚五点，五点半我就会回到家、坐在电脑前，慢慢沿着铁路搜寻，研究路线前往的地方。我的日子就这样持续了数月，而从我开始寻找至今也已超过一年。但我打定主意，就算要花上数年，甚至几十年，只要坚持下去，总会有从大海里捞出针的一天。

我渐渐排除了所有区域。我搜寻过东北区域的所有铁路，但完全没找到任何类似的地方；也排除了奥里萨邦的可能性。于是我决定把范围扩大到原本设定的一千公里外，进行地毯式搜索，不管需要花费多长的时间。奥里萨邦以南的地方，我先排除距离东海岸边五百公里的安得拉邦，恰尔肯德邦和比哈尔邦看起来也不像。当鼠标光标停在北方邦时，我觉得自己快把所有行政区要翻个遍了。事实上，这些地方早已超出我原本设定的区域；而这也象征着我的搜索有所进展，一个邦一个邦地排除后，代表我搜寻的目标即将浮现。

除非迫切需要工作，或是有无法取消的约定，否则我每天晚上都会坐在电脑前。当然，有时候我会跟丽莎一起出门，不过回到家，我便立刻坐到电脑前。丽莎有时会以奇怪的眼神看着我，仿佛觉得我太疯狂了。她会说："你又在看了！"但我会回答："我必须这么做……真的很抱歉！"我想丽莎心里清楚，对我的坚持她只能放手；我自己在网络世界待累了，才会收手。那段时期我变得不容易亲近，丽莎在这段刚开始的新恋情中自然也感受到孤单感，但我们一起携手度过了那段时期。或许在某种程度上，与她分享我生命中最重要的事情也有助于强化两人之间的联结性——每当谈起这件事对我的意义时，两人之间的联结感就出现了。

我很难说清楚心中的想法，也习惯刻意隐藏心中的期待，一直试图说服自己这一切只是因为我喜欢寻找的感觉，而非具有个人重大意义的探索、追逐。跟丽莎的对话有时会让我感受到隐藏在搜索举动深处的重要意义——我想找到自己的家，为一切画下句点；我想了解自己的过去，也希望能多了解自己一些；我盼望有机会能与印度的家人重逢，让他们知道我这些年的经历。丽莎完全能理解，也不会为此不高兴，即便有时她会要我离开电脑，我也知道她是为了我好。

丽莎有时会提起她心中最深的恐惧：如果我找到想找的家人，会决定回去印度吗？还有，万一我找错地方或发现家人已经不在，那我该如何是好？我会回到霍巴特，又一次在网络上疯狂搜寻吗？我无法回答这些问题，也不愿意去想失败的可能性。

我在二〇一〇年的尾声到来前更加积极地搜索，新装设的二代宽带速度也让影像重整与缩放速度加快。但我还是得慢慢来，如果匆促进行，我会忍不住担心会不会有一些细节被我遗漏了。与此同时，我也努力不去为了迎合眼前画面而改变记忆。

二〇一一年初，我专注搜索印度中部地区，范围涵盖恰蒂斯加尔邦与中央邦。我花了几个月的时间，持续不懈且具有系统性地深入搜索该地区。

当然，我有时不免怀疑做这件事是否有智慧可言，甚至怀疑自己的精神是否正常。白天工作一整天后，在晚上只剩一丝的精力与意志力支撑下，我夜复一夜地坐在电脑前面紧盯着火车路线，寻找五岁时留在记忆中的地方。这是一场内心不断天人交战的过程，有时我甚至觉得自己患上了幽闭恐惧症，仿佛整个人被困住，只能通过一扇小视窗观看外面的世界，但又无法解放自己，只能在扭曲的心中不停地与童年苦难相呼应。

就在三月的某一天深夜，我深陷在大海捞针的沮丧感中；大约凌晨一点时，我心血来潮地做了一件事，就在那一刻，事情出现了转折。

## 在希望与否定之间徘徊

二〇一一年三月三十一日,我下班回家后,一如往常地抓起笔记本电脑、打开谷歌地球的画面,一屁股陷在沙发里,只在丽莎回家后一起吃晚餐时才稍停片刻。我这次搜索的地区是中西部,就从之前的搜寻边界处挑选一条火车路线开始"旅行"。我看着许多车站,持续寻找埋在心中多年的记忆里的画面,不过就跟往常一样,画面拉远后我就会发现自己搜索过的范围其实很小。

我想，相较于记忆中老旧又充满尘土的家乡，这里看起来好像太绿了；但我现在知道，印度各地的乡村景色也大有不同。

几个小时后，我沿着一条铁路来到十字路口。我稍作休息，看了脸书（Facebook），然后揉揉眼睛、伸展背部，接着继续搜索。

在放大的地图上持续搜索前，我快速浏览着，想看看从这路口往西会通往何处，结果山丘、森林与河流从眼前扫过，看来看去都是特征相似却毫无止境的景观。突然间，我注意到有条大河流入一个广阔的深蓝色的湖泊中，那个湖泊其实是上沃尔塔水坝（Nal Damayanti Sagar），很显然湖泊周围都是翠绿的乡村景色，北边还有山脉。我一度享受着这段探索过程，任性徜徉在与搜索家人无关的画面中，犹如悠闲漫步在宏伟的自然世界里。反正时间已很晚，很快就得上床睡觉了。

这个地区似乎没有火车经过，也可能因为如此，我才能放松心情浏览。但我一度察觉，在潜意识我还是在寻找家乡。村庄和小镇散布各地，我心想人们是如何在没有铁路的情况下移动——或许他们也不常去哪儿。更往西看还是没有铁路！然后，正当乡村景色转为农田时，我终于看到代表火车站的蓝色符号。我其实已经习惯寻找这个符号了，一看到它，在某种程度上我也松了一口气。

我仔细查看小路旁的车站，旁边隔着几栋建筑物就是主要的铁路干线，而且有好几条轨道。我习惯性地查看铁路的西南方，马上就看到另一座较大的火车站，并且仅有一侧轨道有月台，火车站两旁的土地都同属一镇，也说明了人行道存在的意义，而且……附近还有水塔！我屏住呼吸，将画面拉近看个仔细。我很确定在月台对面有市政水塔，而在大型人行穿越道不远处就是蜿蜒的铁道。我将鼠标移到城里，随即看到不可思议的画面——火车站外有个马蹄形广场，是我以前在月台上常看到的圆环。会是这里吗？我再度把画面拉远，发现铁路线掠过一座大城的西北边。我点击火车站的蓝色符号想看看站名——这是布尔汉普尔火车站。

我的心跳差点停止——布尔汉普尔[①]！

我不认得这座城镇，当年也没踏入过此地一步，因为我从未离开过月台。我再度放大地图画面，重新检视地图上的圆环、水塔与天桥，这些东西的位置跟我记忆中一模一样。这表示在这

---

① Burhanpur，位于印度中央邦 East Nimar 县的城镇。

条铁路线的不远处,我应该能找到自己的家乡:加尼斯塔雷。

我带着近乡情怯的心情,将光标移往这条火车路线的北方。当我看到铁轨横越峡谷、经过建筑区外围时,我的肾上腺素瞬间激增,脑海里闪过我与哥哥一起搭乘火车时,火车进站前会先经过峡谷上的小桥,就跟眼前的画面非常相似。我迫不及待先往东,然后再往东北方寻找,经过七十多公里的翠绿农田、蓊郁森林、山丘与小河。接着我经过干涸龟裂的平原,看得出这里之前是灌溉农田,还有几处小村庄,然后是河流上的桥梁,前方就是镇外郊区。由于两侧水坝石墙的缘故,桥下的河流速度大幅减缓。如果这是我的故乡,眼前的河流就是我小时候玩耍戏水的地方,那么桥的右边应该有较大的混凝土水坝。

就在那里,非常清楚,而且是晴天的画面,肯定是卫星在晴天时拍下的照片。我盯着电脑画面仿佛有一个世纪之久,眼前的景象跟我记忆里的完全吻合。我兴奋到无法动作,整个人几乎无法思考,不敢继续往下看。

最后,我缓慢而紧张地强迫自己开始下一步动作。我试图冷静下来,才不会做出任何草率的判断。如果我看的地方真是加尼斯塔雷,尽管二十四年未见,我应该还能顺着记忆中的道路,从河边走回前方不远处的火车站。我再度移动鼠标,缓缓地在地图上追溯回家的路径,这条路左弯右拐、沿着小溪支流前进,经过一片平原,穿过街上天桥下的通道,然后是……火车站。我点击蓝色符号,荧幕上出现名字:坎德瓦火车站。

坎德瓦①?这个名字对我毫无意义。

我的胃一阵紧缩。怎么可能?所有的东西从布尔汉普尔一路看来都是对的,这里肯定是我始终不敢忘记的B城啊!但如果桥梁与河流都没错,那么加尼斯塔雷到底在哪里?我努力不让自己陷入绝望。

小时候,我常在家乡的火车站里面或者附近活动,所以我可以检查一下记忆中的画面——连接三个月台的天桥有屋顶,北方铁轨下方有地下通道。并非有这些特征就代表此处是我的家乡,可是这些东西的所在位置让我很难忽视——所有特征全部吻合。我记得在地下通道附近有座公园,公园里有大喷水池。尽管影像有点模糊,但我很确定那就是我熟悉的画面,周围还有树木环绕。

从这里开始,我应该知道怎么回家。这也是为什么我从小一遍又一遍地在脑海里重复回忆,如此一来,我就永远不会

---

① Khandwa,位于印度中央邦 East Nimar 县的城镇。

忘记。我从喷水池前面顺着路往上走,经过地下通道,然后是我小时候会走过的街道巷弄——这些年我躺在霍巴特家中的床上时,已经在心中将这条路走过无数回,希望能朝家中投射意念,让母亲知道我一切都好。而且在我意识到自己已经走得够远后,我开始寻找儿时所住的房子附近的情景。我很确定就是这里。

然而,地图上没有任何迹象显示这里与加尼斯塔雷有关联。我当时的感觉非常奇怪且诡异,而且在接下来的一年里,我对此处总有一股莫名的熟悉感——有一部分的我知道就是这里,另一部分的我却感到怀疑。我很肯定我家就在这里,也很确定"加尼斯塔雷"这个地名的存在,但我对"坎德瓦"毫无印象。或许加尼斯塔雷是坎德瓦的一部分?是外围郊区?这并非不可能。我仔细查看曾经生活过、如迷宫般的巷弄,比起在电脑上看霍巴特家里的房子,此刻印度的地图影像清晰度明显较低,但我还是非常确定自己看见了一个长方形的小屋顶,正是我童年时曾住过的房子。

当然,我以前不曾从高空看过此地,不过建筑物的形状吻合,地点也应该是正确的。我继续在街道上的影像中流连片刻后,当场惊讶得说不出话来,试图消化这些信息,然后再也隐藏不住兴奋之情。

我对丽莎大喊:"我找到我家了!你快过来看看!"然后才意识到当时已是半夜。除了吃晚餐外,我已经抱着电脑超过七个小时都没休息。

丽沙穿着睡袍从转角处探出头,打着呵欠,过了片刻才稍稍清醒。但即便处于半睡半醒状态,她依然可以感受到我的兴奋。

"你确定吗?"她问。

"就是这里,就是它!"我回答,那一刻我深信不移,"这就是我的故乡!"

那时我已经密集搜寻了长达八个月,距离我首次下载谷歌地球也过去了将近五年。

"太棒了!萨鲁,你做到了!"丽沙露出开心的笑容,紧紧抱着我。

一夜无眠后,上班时间一到,我赶紧去办公室找爸爸。我知道他可能不太相信,应该也对此事始料未及。我在心中不断地演练台词,希望能增加可信度,但最后我只能以严肃的神情对他说:"爸,我想我找到故乡了。"

他停下电脑前的工作说:"真的吗?在地图上?"

我看得出他抱持着怀疑的态度。"你确定吗?"

对于这几乎不可能的发现,爸爸的反应很正常。到底发生了什么事情?时隔多年,我突然想起自己从哪里来的吗?我告诉他我很确定,以及我是如何找到家乡的。他依然怀疑,有一部分原因是为了保护我,担心出错的可能性。我可以理解爸爸的谨慎,但我希望他知道,我对此非常有信心,希望他也一样。

回想起来,告诉爸爸这件事对我而言,象征着我印度寻亲之旅的起点,也是我如此渴望爸爸能相信我的原因之一。当然,这段寻找过程,丽莎一直都陪着我,也知道我的想法,但告诉爸爸此事代表这场探索过程即将化为实际行动,我也需要为此做些准备。对于下一步该怎么走,我并没有确切计划,但与爸爸分享消息让我意识到,这是寻亲之旅的起点,而非终点。从那一刻起,我很清楚这个发现将改变我和所有人的人生,就算我最后什么也没找到。

我需要跨出的另一步,是告知妈妈。她知道我一直想找到印度的家乡,也知道我在网络上寻找线索,但她不知道我这段时间是如此积极地在寻找线索。我就是特别担心此举会让妈妈妈难过。妈妈对领养的信念如此坚定,对维护这个家庭如此坚持,我很怕会因为我带来的消息而影响她的心情。

因此,当晚大家聚在家中,每个人心里都有些忐忑。对我来说,我迫不及待地想让他们看看我在谷歌地球上看到、让我相信那就是我家的画面。他们的反应和态度很明显是有所保留的,可能在他们看来我依靠搜索地球上人口最多的国家之一的卫星鸟瞰图,凭着五岁记忆中的地标,最后竟然能发现自己一直在寻找的地方,这一切都太过不可思议,也是个出人意料的大惊喜。我让他们看看坎德瓦南边的水坝石墙,还有走向火车站途中必经的铁轨和地下通道,就跟我小时候对妈妈描述过的场景一模一样。

我猜,大家内心深处都想问:这个发现会对未来产生什么影响?我心想,他们是否一直想着这一天的到来?担心他们的儿子会被印度原生家庭要回去,甚至从此失去他?

我们静静地吃着庆祝晚餐,每个人心中都有许多疑问。

我回到住处后,紧张地直奔电脑前,或许长期以来我的思绪一直受限——可能还有其他方式证明我所知道的信息。于是,我转而寻求搜寻过程中鲜少使用的工具——脸书,来协助我做进一步的求证。我以"坎德瓦"为搜寻关键字,结果出现

"坎德瓦：我的家乡"专页。我发送消息给群组管理员：

请问有人能帮我吗？我觉得我是来自坎德瓦，但我已经有二十四年没见过、没回过这个地方。请问以前在戏院附近是否有个大喷水池呢？

喷水池是我能想到的最明显的地标。公园里人来人往，而圆形喷水池中央石柱上有座雕像，是一名盘腿而坐的智者。我不知道他是谁。但镇上某些长发纠结的苦行僧会在那冷水池中沐浴——我现在知道他们叫萨杜（sadhus），公园里禁止其他人效仿他们在冷水池中沐浴。记得在某个大热天里，我和哥哥们为了要躲避这些人，钻过带刺的铁丝网，我还因此割伤了腿。或许还有其他辨认此地更好的方式？天知道从我离开后，那是否有遭到破坏？我真没想过走到这一步之后，接下来该如何是好。

现在这一切看起来似乎很荒谬，但我想我真的找到一处叫"加尼斯塔雷"的城镇，就是眼前这个地方；我知道自己找到家了。只是其他一切都和我想的不一样——这个城镇在我的搜寻范围之外，在我精心规划和系统性搜索都遍寻不着的情况下，最后却意外地发现了它。但一切似乎又如此巧合，仿佛注定要用这种方式让我看到，我的命运看起来充满了峰回路转、在意外事件与神奇的好运之间打转。

我上床睡觉，又是另一个无眠的夜晚。

事实证明，爸妈的谨慎与担忧果然有道理。当我第二天醒来的时候，第一件事情就是打开了电脑，看到自己在坎德瓦脸书专页提出关于喷水池的问题有了回应：

我们无法明确回答你……戏院附近是有公园，但喷水池并不大……戏院在几年前已经关了……我们会想办法上传照片，希望对你有所帮助……

这个答案让我泄气，我在心里暗骂自己太冲动了，被情绪牵着走，太早地说出这件事。为什么我不耐心等待消息？我努力让自己保持平静，虽然这不是我期待的答案，但不代表所有信息完全错误。感谢过管理员后，我精神恍惚地去上班了。地图和童年记忆在我脑海里不断交错出现，我根本没有办法专心工作。这一切是我一厢情愿的想法吗？我是不是在浪费时间？

　　我不记得是当天稍晚还是第二天，妈妈告诉我，她查看了我六岁时、我们一起在她笔记本上画下的地图，而她手中地图上的桥梁、河流与火车站跟我们在谷歌地球上看到的不太一样，是我找错地方了吗？还是六岁的我无法画出准确的地图？她还拿出我以前房间墙上的地图——妈妈完整地保存着我和弟弟成长过程中的一切事物——意外发现布尔汉普尔和坎德瓦都在地图上。在她看来，这些地方离加尔各答如此之远，她不确定我是否真被火车载了这么长的距离，几乎是横跨整个国家了。

　　我脑中第一个浮现的念头是：如果我早知道该看哪里的话，就会发现原来自己想找的地方一直都在书桌前的地图上。有多少次我看着相似的地名却不知背后的秘密？我不记得小时候是否会在地图上众多类似的地名中注意到布尔汉普尔。就算有，我肯定也不会留意，毕竟距离加尔各答太远。而且，我还想到第二件事情——这里比我计算的距离还远。真的有这么遥远吗？是火车开得比我计算得快？还是我在火车上的时间其实更久？

　　又过了很不真实的两天，我整个人都被地图和记忆所占据。摆在眼前的事实逐渐瓦解了我曾经如此确定的事情。我一直害怕的事情是不是发生了？这种搜寻过程是否会侵蚀我的已知,导致我什么也留不住?我、养父母和丽莎并未就我的突破性进展深入讨论,我也在想,他们是不是对我过度保护了?抑或是在等待我找到更确切的证据。在等待坎德瓦脸书专页回复的过程中,我思考许久,提出另一个问题:

是否有人能告诉我,在坎德瓦右上方的小镇或郊区的地名?我想应该是K字开头,我不确定怎么写,但念起来像是"加尼斯塔雷"。二十四年前,这座小镇一边是伊斯兰教徒,一边是印度教徒,但现在情况可能不一样了。

我又等了一天才得到回应。可是当答案出现时,我的心跳差点停止——加尼什塔莱[①]。
你应该看得出来,这个地名跟我小时候的模糊发音很接近。
我立刻兴奋地抓起电话告诉爸妈这个新发现,这下他们不用再怀疑了。虽然他们依旧担心,但也不得不承认现在一切都说得通了。我先找到布尔汉普尔和坎德瓦,现在又找到加尼什塔莱;这里曾经是我住过的地方,也是我在印度的家人目前可

---

① Ganesh Talai,位在坎德瓦附近的小镇。

能居住的地点，或许他们也在那里想着，不知道我现在变得如何了。

在找到加尼什塔莱之后，我并不确定接下来我该如何是好，这一切实在太让人难以承受了。一方面，我很兴奋终于成功找到了故乡，根本无法再多想其他事情；另一方面，我的情绪背后对那些不确定性又充满要命的紧张，这也是为何我一开始只愿意让丽莎和家人知道。如果我错了呢？如果因为我在这件事情上的错误而搅乱了大家的心情呢？如果这一切只是我跟自己开的玩笑？我反复在电脑上观察坎德瓦周边的街道，想找出更多相关的信息做进一步的确认，我几乎要被可预见的事实给搞疯了。当时我的心情与小时候和马拓希害怕进行的印度家庭旅行一样。我很焦虑，而这种焦虑来自内心许多的疑问。

打从我找到这个地方开始，我努力压抑着心中的期待，并试图说服自己，经过这些年后，我的家人可能已经不在了。我心想，不知道生母此时多大年纪？我不确定，但她的寿命可能不长，因为她这一辈子都过得很辛苦，靠劳力为生。不知道我的妹妹谢姬拉还好吗？卡鲁呢？古杜那晚在布尔汉普尔到底发生什么事情了？他是否因为弄丢了我而自责过？如果我们再度重逢，是否有人能认得出我？而我还能认出他们吗？就算我知道他们四分之一个世纪前住在哪里，今天我又怎么可能在印度的茫茫人海中找到我想找的四个人？这肯定不可能。

我的心情就在希望与否定之间徘徊，一直在试图找到一个和新的可能性安稳共存的方法。

当然，要确定只有一种方法。如果不亲自走一趟，我永远都不会知道这是不是我要找的地方。只要我亲眼看到，我就会知道。我告诉自己，如果我百分之百确定就是这里，我会开心地脱下鞋子，用双脚感受土地，并且记住自己曾经走在这些街道上的感觉。但我不敢继续往下想——我的家人还住在那里吗？

我知道爸妈担心我只身前往印度。我已经不再是需要他们陪伴的小孩，但这不代表导致当年他们取消印度行程的心情，如今同样能影响另一个成年人的寻亲决心。而且，如果那里不是我要找的地方，我又该怎么办？待在那里继续寻找？还是彻底绝望而归？

我又花了一些时间搜寻坎德瓦的资料，从大半个地球彼端的成人角度来看，这是一座小型宗教城市，人口不足二十五万，是中央邦内印度教主要人口聚集区，环境安静，以种植棉花、小麦和黄豆闻名，还有一座主要的水力发电站。

当年我的家人太穷，根本无法从事上述相关产业，因此现在知道这些信息，对我来说也算是一个全新的知识。跟大部分的印度城市看起来一样，此地拥有悠久的历史，也孕育了许多印度教圣人，甚至很多宝莱坞明星都是在这里长大的。虽然不是旅游观光地区，却是重要的铁路交会点，来往孟买和加尔各答的主要铁路，在此与从德里开往果阿邦[1]和科钦[2]的主要铁路干线交会。这也说明了为什么坎德瓦与布尔汉普尔的城市规模差不多，但前者的火车站会比后者的大。

我曾在YouTube上观看过这座城镇的影片，但很难从画面中判断什么结果。有些画面显示出火车站附近的地下通道，当地又叫三路桥（Teen Pulia）；至于横越铁道的天桥现在很明显已经延长横越了三座月台。这里的一切看起来都像是我的家乡。

---

[1] Goa，位于印度西岸，西濒阿拉伯海，首府帕纳吉，是印度面积最小、人口第四少的一个邦。

[2] Kochi，素有"阿拉伯海的王后"之称，是印度喀拉拉邦最大的城市及主要的港口。"科钦"一名源自马拉雅拉姆语"Kochazhi"，指小湖。

又过了几周,我终于鼓起勇气征询爸妈的意见,看我是否该亲自去一趟印度。不过我说话时非常小心——我问他们,如果换作是他们,他们会怎么做?他们说答案很明显:我必须走一趟。谁会不想亲自确认呢?丽莎也有相同看法。而且,他们都想陪我去。

我松了一口气,而且很感动,但我还是决定独自前往。

我如此坚持有几方面的原因。一部分原因是我担心万一整件事情是个错误——最后的结果如果是我们一行人站在街上,爸妈和丽莎盯着我看,而我不得不承认我不知道身在何处时,那该怎么办?我也不想太引人注目——我们一行人浩浩荡荡地出现在加尼什塔莱可能会引起许多人注意,天知道这种压力会带来什么后果?

事实上,这对我来说是一件大事。我知道自己可以查询加尼什塔莱当地的警察局或医院的电话,先打去咨询一下有关我家的事情,或者是查询我的医疗记录。至少我还能说出家人的名字,并且事先咨询一些事情。加尼什塔莱并不大,那里的居民大家几乎都认识彼此。但我担心消息会迅速传开,也可能因此出现投机者做出不实的陈述。有些人可能希望有个西方的富家子,如果出现某些"母亲们"想与失踪已久的儿子相认,我也不会觉得奇怪。但这表示在我抵达加尼什塔莱之后，要找到想找的人可能就更困难了。因此，在没有事先宣布且没有任何人陪伴的情况下，我应该能悄悄地、在不引人注意的情况下自行判断眼前的一切。

此外，我也不知道该怎么做好心理准备。这是一个无法预测的国度，甚至可能发生危险情况，我也不想让任何人担心，或是因为其他人而分心。独自一人前往，我可以随时掌握眼前的情况，分析当时的处境，自己应对处理遇到的一切。

或许我最终的理由其实更简单：这是我自己的旅程。打从上火车的那一刻起，直到无数个在网络上搜寻的夜晚，既然已经独自走到这一步，就应该独自完成这趟旅程。

所幸丽莎能理解我的想法，但爸妈对此却很坚持。爸爸保证说不会影响我，会让我自己去做该做的事情。或者，他可以一起到印度，一来支持我，二来如果有任何问题，他也好帮忙。他说他可以待在旅馆，至少这算在他能掌控的范围里。"我不会拖累你。"他说。虽然这些都是出于好意，但我独自前往印度的心意已决。

尽管如此，在找到加尼什塔莱的第十一个月后，我终于踏上了飞机。除了童年时搭飞机前往澳大利亚的飞行之旅外，这是我人生中首次的重大旅程：除了一般旅游需要准备的相关事宜，我还得解决许多身份文件相关的问题，包括公民身份在内。当年我飞往澳大利亚之前，印度当局在我的身份文件上记录了资料，因此在我抵达印度时，护照上显示我是印度公民，但这不全然是对的；护照上还记载我出生于加尔各答，这一点肯定是错的。我现在是澳大利亚公民，而我的印度籍虽已过期，但并未正式失效。诸如此类的行政细节都需要时间处理。

其实，我一直在拖延时间。我试图掩饰自己对这次旅程的焦虑，甚至不愿意向自己承认。不只是因为我无法确认地点正确与否，以及还有没有机会跟家人团聚——我还得面对某些不愿想起的回忆。我不知道该如何处理这类情绪。

尽管如此，我还是订了机票，做好了所有准备，婉拒所有人的陪伴。我还得到一些意外的支持——在去医院进行必要的疫苗注射时，医生问我此次旅行的原因。虽然我向来只把自己的故事放在心中，顶多也只与亲近的朋友分享，但现在我觉得既然已经找到家，这方面的防备心也降低了许多。基于某些难以名状的理由，我告诉医生要去印度的原因，一开始透露了一点点，然后越说越多。对我的故事，他有点难以置信，感谢我的医疗人员愿意听我的故事，许多人注意到我，也给予我祝福。再过几周就要出发，此时得到别人的祝福，感觉很踏实，也有助于我保持好心情。

当这一天终于到来，我和母亲、丽莎一起在机场喝着临别前的咖啡，讨论接下来可能在等待我的种种情景。她们要我顺其自然，别对期待发生的事情太过紧张。或许我还是不善于掩饰焦虑。妈妈递给我一张A4纸，上面印有我小时候的几张照片，这是她特地帮我扫描打印的。

我上次出现在印度已经是二十五年前，即使是我的家人，可能也需要一些资料帮助才能认出我。这是非常聪明的礼物——我不敢相信自己做好了万全准备，却独漏这一点，但或许这也充分说明了我内心的焦虑状态。

登机前，我们依依不舍地道别，我是最后登机的旅客。妈妈神情紧张地望着我，这也让我再度感到焦虑。我这么做对吗？我已经有眼前这些如此爱我的人，我还需要找回过去吗？

但是，不管我有多么紧张，答案依然是肯定的。如果可以，就算得让一切成为过去，我也得先找到自己的根源。至少，我想亲眼看看那个让我魂牵梦萦的地方。

就这样，我登机了。

# 重逢，像大海一样深的喜悦

我在二〇一二年二月十一日飞抵中央邦最大的城市印多尔①。自从孩提时离开后，这是我第一次踏上印度。在黎明前的黑暗中，因为知道接下来事情的重要性，我感觉到肾上腺素激增。

印度并没有非常欢迎我回来，一开始的遭遇彻底说明我是

---

① Indore，位于孟买东北方，是印度中央邦和摩腊婆地区的商业中心，也是中央邦最大的城市。

个异乡人——我应该是"回家",但这个国家对我而言却犹如异乡。我的行李从转盘上消失了,当我向机场人员询问行李下落时,我想对方是用北印度语回答我的,可惜我一个字都听不懂,对方便赶紧抓了一个会讲英语的人过来。不会说当地语言看似一件小事,但对一个迷失多年、带着满满心绪踏上归途的人来说,无异是加重了额外的心理负担。我感觉自己再度迷失了——无法了解任何人说的话,也没办法让别人听懂我的想法。

由于隔天要前往坎德瓦,当晚得先在当地旅馆过夜。在我离开机场时,遇到许多缠人的高价出租车司机要载我去旅馆,幸好我最终找到了巴士。离开机场时,射入车内的阳光同时也照亮我的人生。我也首次目睹了二十一世纪极度混乱的印度。

刚开始映入眼帘的画面跟我二十五年前所见非常相似。我看到黑色野猪穿梭在街道旁,街道转角处的树木依旧是相同的品种,到处都是熟悉而匆忙的脸孔。当地的贫穷依然显而易见,但我很快也察觉到,这里比我记忆中脏乱了许多。我看见人们直接在路边上小便,满地都是垃圾。我不记得小时候在我家附近看到过类似的情形,这也可能是我早已习惯了霍巴特的干净与开放的空间。

在旅馆下车后,繁忙的交通中传来连珠炮似的噪音,而下水道和污水的强烈恶臭更是直接扑鼻而来。我在想经过这么长一段时间后,坎德瓦或许也不一样了。安排好第二天送我去目的地的车辆和司机后,断断续续没睡几个小时天就亮了。

坎德瓦距离印多尔的车程需要大概两个小时,比起从机场到旅馆只有短短几公里,我明天的车费只需机场无良出租车司机开价的一半。这提醒了我,以前我所拥有的街头小聪明已经消失了。事后想想,或许我应该多付点钱购买安全保障:身材瘦小的司机在路上像发疯似的狂飙,即便是从速度无上限的印度标准来看也是很可怕,这无异为我早已负荷过量的生理系统又加了一剂肾上腺素。

从印多尔去坎德瓦的道路要穿过山丘和溪谷,但我几乎无心注意车外景色。我有时会停下来喝茶、抽烟——我其实很少抽烟,但当时我的神经系统迫切需要我抽一根烟来缓解紧张。而我也发现,在坎德瓦等待我的事实也让我感到极度焦虑。然而,这趟玩命之旅却怎么也赶不完。

午后天空湛蓝,我们顶着炙热的阳光,终于接近了镇外郊区。当我意识到自己完全不认得眼前的景象,心里不由得泛起一阵寒意。我不记得家乡是眼前这个笼罩在尘土飞扬中的灰色的工业城镇。突然间,原本要去旅馆的我,决定先到火车站,直接面对或许是最简单、也是最快能让我知道,当时我在塔斯马尼亚家中电脑前看到的地方是否正确的方式。我们立刻改变了方向。

道路非常狭窄,十分拥挤,汽车速度缓慢地前进。当天是星期日,所有人都走上街头,到处挤满人群。小时候街上的马车和手推车比汽车还多,现在的街道上则塞满了汽车和摩托车。

我的手机有导航功能,可以直接看到街道地图。然而,由于手机快没电了,我希望我的记忆能发挥作用,于是我尽量凭着记忆给司机指路,果然,车站毫无意外地出现在我预期中的地方。我猜司机肯定早就知道路,甚至可能还在心里笑我。不管怎样,我的精神仍为此一振。

车站看起来跟记忆中有些不同,但是我发现我找到了自己的方向——我知道从车站去坎德瓦的任何地方的路。我知道自己在哪里,我离家不远了!

这个发现让我开心极了!

紧随其后,一阵强烈的疲惫感袭来,让我觉得精疲力尽,我感觉自己像一个断了线的木偶。从我抵达印度开始,直到我找到眼前的车站,一路过来我都是靠着紧绷的心情硬撑着,在这之前一直都是如此。而现在我觉得自己就站在正确的地方，我无法再往前了。于是我请司机送我回旅馆，打算第二天在附近的街上走走。

当出租车缓慢地穿过街道时，车窗外的景象和记忆中的画面在我脑海中不断地重叠着——我记得这个地方曾经是一片绿油油的，到处都是树木，工业化程度不高，也没有这么严重的污染，街上也肯定没有这么多垃圾。当地的建筑比我记忆中更加破旧。但是，当我们驱车驶入铁轨下方的地下通道，这段几乎看不见头顶的天空、幽闭恐怖的道路，我的记忆如潮水般涌上心头。我能肯定这条路就是我小时候玩耍过的地方。

在兵营大酒店（Hotel Grand Barrack）时——顾名思义，这里以前是英国军队的营区——我因为忘记给小费而冒犯了司机。自从在澳大利亚生活以来，我就没有支付约好的价钱之外的费用的习惯，而我在踏进酒店之后才意识到自己的这个错误。在登记好房间后，我感觉自己心中充满因为文化冲突而产生的情绪。

漫长的飞行和马不停蹄的寻找，让我精疲力尽。我放下行李，打开房间空调和风扇后，直接瘫倒在床上。

但是，尽管我很累，我的内心却无法安静片刻。或许是我太过激动，所以我一直在想，我到底在干什么？我已经在飞机上坐了仿佛一个世纪之久，又在车里挤了两小时……继续吧！此刻，是星期天下午两点钟，我大老远从澳大利亚跑到印度来，就是要寻找我的家啊！于是我抓起背包和水瓶，一阵兴奋感跟着袭来。

　　站在酒店门口，眼前的大街小巷通往各个方向，我不知道该从哪条路开始，于是，我沿着刚刚那辆车送我来酒店的路往回走。很快地，我走到了与火车站平行的道路上，大步迈向镇中心。

　　虽然眼前的道路给我一种熟悉的感觉，但我还是无法准确地知道自己身在何处。很多地方都不一样了，我真的不确定。我心中的疑惑不断地在心头浮现——毕竟印度大城小镇的火车站和地下通道又能有多大差距呢？我是不是认错地方了？但我的双脚似乎知道方向，仿佛变成了自动模式，在时差、疲惫和感觉全都不太真实的情况下，我像是灵魂出窍般地观察着肉体的行动。我无法按照母亲的建议去保持冷静，且对找家人这件事情不要抱过高的期望。直觉、记忆、怀疑和兴奋在这一瞬间同时浮上我的心头。

　　不一会儿，我来到一座绿色的小清真寺，是巴巴的清真寺。我都忘记这里了！这个地方看起来跟我记忆中的画面很像，只是显得更旧、更小了，但相似度是毋庸置疑的。虽然我再次确认自己走对了路，但我仍然毫不留情地质疑着眼前看到的一切——看起来是那样的吗？这样对吗？我有没有弄错？

最后，我觉得自己应该向左转，朝加尼什塔莱镇中心前进。我不由自主地开始浑身发抖，犹豫着放慢了脚步。这里感觉不太对，房屋太多了……看起来建筑物太多了。我试图让自己平静下来：事物都在改变，人口也在增加，当然会显得更拥挤。但是，如果老旧建筑都免不了被拆除翻新的命运，或许我小时候的家也消失了！我不禁打个冷战，连忙加快脚步来到一块空地前，此处像是我小时候玩耍的地方。

我认得这里，但又很陌生。我能确定这里和记忆中的是同一个地方，但感觉完全不一样。我意识到差别在于：镇上现在有电了，所以到处都是电线杆和电线。小时候当地家家户户晚上都还是点蜡烛照亮，平时都是用煤油或柴炉煮饭呢！现在街道上布满了电线，整个地方看起来更加密集而繁忙，彻底转型了。

我怀疑自己是刻意忙着辨识当地事物与建筑的改变，以免想起母亲和哥哥、妹妹，因为我现在正接近他们可能还在的地方。我尽力了,但依然无法压抑各种情绪涌上心头。

尽管如此,我还是得压抑情绪。我决定先从我们家人住过的第一所房子开始找起,当时我们一直住在一个印度教徒聚居的社区里。

我沿着一条小路走进了一条弯曲狭窄的小巷里,看到巷子尽头有一名女子正在洗衣服。当我顺着小巷望向远处时,满脑子都是我小时候在这里奔跑玩耍的记忆。肯定是我沉浸在记忆里发着呆,让这名女子觉得我一直盯着她,她走过来开始跟我说话——对她而言,我是一个穿着西方休闲运动服装的男子,看起来好像很有钱,肯定是在寻找什么地方。我猜她应该是用北印度语跟我说"有什么需要帮忙吗?"之类的话,但我唯一会说北印度语只有"不用",接着便转身继续往前走去。

在那之后,我不想再为任何不必要的事情停留脚步。终于该是面对旅途终点的时刻了。走过当年分隔印度教区和伊斯兰教区的街道只需短短几分钟,在我靠近记忆中那间拥挤的砖屋时,我的心脏差一点跳出来。我还来不及多想,人已经站在房屋前了。

在我看来,这间房屋变得如此之小,但绝对错不了。

这屋子肯定也被废弃了,我站在原地凝视着。

尽管屋里的地面铺上了廉价的混凝土，并且用白色的粉刷过，然而，粗糙的砖墙仍是如此熟悉，转角房间的那道门跟记忆中的一模一样，只是门已经坏了。这扇门的大小大概是我在澳大利亚家里房子上的一扇窗户，透过门上的裂痕，我很难看清屋内的状况，因此，我抬脚来到了转角门边唯一一扇约三十平方公分的窗户边，我真不敢相信当年我与母亲和兄弟姐妹会一起住在这狭窄阴暗的地方——大约只有三平方米——尽管我们一家人很少全部同时待在家里面。

小壁炉依旧在原处，显然已经有一段时间没人使用了；但屋里的泥土槽消失了。唯一的柜子孤零零地撑在架上，外墙上的部分砖块也已经开始脱落，光线由此射入屋内。用干牛粪和泥土铺成的地板，母亲以前都会打扫得很干净，如今也因为太久无人居住而布满灰尘。

在我向屋内探视的时候，门边一只山羊正嚼着石头上的干草，完全无视我这个沉浸在悲惨遭遇中的大活人。我一遍又一遍地告诉自己，经过这些年，不要再期待飞到印度就能在同一个地方找到平安健康的家人，但看着眼前空无一人的屋子，我还是难以接受。即使我已经尽力不让自己多想，却仍在心中偷偷地希望如果有一天能找到回家的路，家人都还是会在原地等我。我呆呆地望着吃草的山羊,整个人完全被一阵阵袭来的失望所吞噬。

我不知道接下来该如何是好。我的寻亲之旅结束了……

我站在那儿一筹莫展的时候,一名年轻的印度女子抱着孩子从隔壁走了出来,开始用北印度语和我交谈,我知道她是在询问我是否需要帮忙。我回答她:"我不会说北印度语,我说英语。"

她回答说:"我会说英语,一点点。"

听到女子的回答,我心里的消沉情绪一扫而光。我赶紧接着对她说:"这间屋子……"然后我重述家人的名字,"卡姆拉、古杜、卡鲁、谢姬拉、萨鲁。"听到我的话,这名女子完全没有反应,于是我又重复了一遍家人的名字,并抽出妈妈在我上飞机前准备的打印着我小时候照片的A4纸。就在这时,她告诉了我一个我最不愿意听到的结果:"这些人都已经不住在这里。"

就在那时,两名男子好奇地走过来一探究竟。其中一名男子看起来大约三十岁,说着一口流利的英语。他看着照片,让我稍等一会儿,然后转身朝一条巷子里走去。我当时没时间去想究竟发生了什么事——其他人开始聚集在我们周围,猜想到底有什么状况,也好奇一个外国人怎会出现在这条游客永远不会踏足的街道上。

几分钟后，那名男子回来了，他说了一句我这辈子永远都无法忘记的话："跟我来，我带你去见你母亲。"

他说得如此直接，就像官方机构宣布事情一样，直言不讳地给了我这个消息。我还没来得及消化他说的话，直到我跟跄着脚步跟着他走进旁边的巷子里时，我才明白过来他刚才说的话是什么意思。然后，我浑身泛起一阵鸡皮疙瘩，脑海中感觉天旋地转——就在刚才，我放弃了自己二十五年来一直坚持的希望，这个路过的陌生人，真的知道我母亲在哪里吗？这似乎不太可能，这一切似乎来得太快、太不真实了。经过这段时间，所有事情都以令人困惑的速度发展。

约莫走了十五六米后，我看到三名妇女站在一所房子的门口。陌生男子停在她们面前，所有人都盯着我看。

"这是你的母亲。"他说。我整个人都呆住了，根本无法开口问是哪一位，甚至还怀疑这是不是一场恶作剧。

一时之间，我手足无措，不知道该做点什么，只能一个一个地看过去。第一个肯定不是我的母亲，中间的看起来有点像，第三个明显是个陌生人。我觉得中间的那名妇女是我的母亲，应该没错。

她看起来好像比我记忆中更瘦小了,灰白的头发在头上挽成了一个发髻,穿着一条亮黄色花朵图样的裙子。尽管分隔多年,我一眼就能认出她脸上的轮廓;她看到我的那一瞬间,当场也认出我了。

　　我们相视一秒后,我心中一阵刺痛,感到非常难过,一对母子竟然相隔多年才能相认,但紧接着涌现上来的是满心的喜悦。她往前跨出一步,握起我的手,不敢置信地看着我的脸庞。我很清楚母亲当时复杂的感受,至少我有事先做好心理准备的机会。可是对我母亲而言,失去了二十五年的孩子,就这么突然出现在了眼前。

　　在我们彼此有机会开口前,母亲拉着我的手走进屋内,后面跟着一大群邻居,好奇到底发生了什么事情。母亲所住的房子离我小时候住的转角边的那道门只有一百多米。在我们往屋里走的时候,母亲似乎努力控制着情绪,不断地用北印度语自言自语着,然后一次又一次地抬头看我,眼里充满了喜悦的泪水。我也激动得说不出话来。

　　母亲住在一条肮脏的巷底、其中一间摇摇欲坠的砖房里,她匆忙地拉我进屋,要我坐在她主卧房间的床上。她依旧站着，从衣服的夹层里掏出手机。当她说："卡鲁、谢姬拉……"我知道她正打电话给我的哥哥和妹妹。

他们都还住在这里吗？母亲对着电话兴奋地又叫又笑，并且大喊着："斯鲁！斯鲁！（Sheru）我想了一下才反应过来，原来母亲是在说我的名字！我不会从一开始就连自己的名字都搞错了吧？

原本屋外的一小撮人迅速增加，屋外挤满了看热闹的人，大家彼此兴奋地交谈着，甚至打电话通知其他人。消息迅速传开，早已死亡的儿子奇迹般地出现在家门口肯定是条大新闻，屋子里瞬间人声鼎沸，前来道贺的人挤到前门外的巷子里，甚至蔓延到旁边的街上。

所幸前来祝贺的人中，有些会讲一点点英语，我和母亲终于能通过翻译交谈了。母亲问我的第一件事是："你这些年去哪里了？"我想，要说清楚我这些年的经历可能得花一点时间，但我还是很快地告诉她我是如何在加尔各答迷路，然后被领养到澳大利亚的。看见母亲瞠目结舌的反应，我一点都不意外。

母亲告诉我，她刚才在邻居家，那名在街上和我交谈的男子突然走了进来，直接对她说："斯鲁回来了。"然后他拿出了我澳大利亚的妈妈所准备的、印有我小时候照片的纸给她看——我压根就不记得他什么时候拿走了我手里的那张纸——并说:"这个长大成人的小男孩就在附近,他在找卡姆拉,也就是你。"这种说法听起来可能很奇怪,直到我发现原来多年前母亲已经转为伊斯兰教徒,也改用了新的名字:法蒂玛。但对我而言,她永远都是卡姆拉。

母亲描述她的反应比我所能形容的还要贴切。她说当她听到她的小男孩回来了,像是"被雷打到般惊讶",而她心中的喜悦"如大海一样深"。

当她看见照片时,不禁全身发抖,跑出屋外、冲往巷子,旁边陪着的是她正好去拜访的两名妇女,然后我就出现在巷子口了。她说当我走向她的时候,她全身发冷颤抖,脑袋轰轰作响,眼中充满了喜悦的泪水。

我的脑袋也像被雷打到。经过漫长的旅程,加上在不断起伏的情绪里,独自一个人默默走过加尼什塔莱街道,前往我的老家,现在所有事情的发展转为疯狂而混乱。四处人声鼎沸,欢笑声此起彼落,大家纷纷凑上前仔细打量着我,说着一连串我听不懂的北印度语,我的母亲依然又哭又笑。眼前这么多突然发生的状况,让我觉得难以招架。

后来,我意识到当我站在我们的老房子前的时候,我离母亲其实只有十五米的距离，实际上就在房子的转角处，但是如果那名男子没有走过来帮我，我可能就会离开了。也或许我在当地询问一遍后，最终也能找到母亲。但我无法撇开找不到母亲的可能性，我们有可能近在咫尺，却彼此不识。

我们的交谈只能有一搭没一搭地通过翻译进行，旁人也不时会提出几个问题，我只好为了照顾刚来的人再把故事重复讲一遍。母亲会开心笑着转向她的朋友，然后又看看我或抱抱我，脸上挂着泪水。接着继续接电话，告诉大家好消息。

大家心里肯定有许多疑问，而且大部分都要由我回答。母亲对我消失当晚后的事情一无所知。因为有太多事情要说，所以得慢慢来。很幸运的是，没过多久，我们意外找到了住在不远处的邻居雪莉尔帮忙翻译。她的父亲是英国人，母亲是印度人，而她住在加尼什塔莱。我很感谢雪莉尔的帮助，在她的帮助下，我才能让母亲知道我失踪之后的事情，也才有办法告诉她整个事情的来龙去脉。

在我和母亲刚刚团聚时，我只能在混乱中告诉她很多碎片化的信息：被困在火车上，被载到加尔各答，被领养，在澳大利亚长大。经过多年，我的归来也吓到了母亲，而我从遥远的澳大利亚回来更是让他们难以理解。

不过，我们第一次见面时，母亲就表示非常感谢我在澳大利亚的养父母将我抚养长大，他们绝对有资格说我是他们的儿子，是他们从小养育我，让我成为今天的我。她说，她只希望我能过得好。听到她说这些话，我的心里非常感动。她不知道过去发生的事情，但这让我想起小时候在那瓦济凡之家，决定是否要接受布莱尔利家人收养的瞬间。她毫无保留地让我感受到自己当年做出了正确决定。母亲说她以我为荣，我想这是每一个人都想听到母亲对自己说的话。

母亲居住的房子摇摇欲坠，看起来甚至比之前废弃的那间屋子更加破旧。前面墙上的砖块多处破裂，留下了明显的裂缝。屋子靠前的房间大概2米×3米大小，她让我坐在她的单人床上，有两块垂下来的铁皮连在屋顶上，显然是为了让雨水流入隔壁小浴室的水盆中，那里有蹲式马桶和洗澡的浴盆。这种形式的建筑，雨水很容易会被吹进屋里，这让我看着心里非常难过；后面那间稍大的房间，被用来当作厨房在使用。虽然屋里无法容纳所有前来一探究竟的好奇的人们，但这个房间怎么说都比我们以前住的老房子大，而且至少有水磨石的地板，而不是一层灰土。屋里的陈设令人震惊，但在加尼什塔莱的环境下，这已经代表更上一层楼，我知道她肯定是很努力工作才有今天。我从其他人口中得知，母亲年纪大了，没有办法继续在建筑工地做搬运石头的工作，现在她是家庭清洁工。尽管生活艰难，但她说自己很幸福。

在接下来的几个小时里，赶来道贺的人不断涌现，铁窗外和门口挤满七嘴八舌正在兴奋交谈的人。母亲接待了许多人，她就坐在我旁边，有时候捧着我的脸，有时候边说话边抱我，或者站起来接电话。

最后，两位特别的访客迅速出现在屋里——我的哥哥卡鲁和妹妹谢姬拉。谢姬拉跟她丈夫和两个儿子抵达时，母亲正抱着我在哭；就在我上前拥抱妹妹的同时，她也跟着潸然泪下。卡鲁接着独自骑着摩托车出现，看到我都呆住了，我知道他的感受。虽然都是第一次看到对方长大成人后的模样，但我们还是立刻认出了彼此。我的哥哥和妹妹没机会学英语，因此在雪莉尔帮助进行简单的沟通之前，这是一场充满泪水、欢笑，又相顾无言的重逢画面。离家人如此之近，却又因最基本的沟通方式而受到阻隔，感觉真是苦乐参半。

但是，古杜在哪里？在所有事情中，我最想听到他的故事。在布尔汉普尔那晚究竟发生什么事？他时常想起那天晚上吗？最重要的是，我想让他知道我并不怪他，我很确定当天的事情是意外，现在我也找到回家的路了。

接下来的事情，是我那天听到最难以接受的消息，也是我这辈子最无法接受的事情。当我询问母亲关于古杜的事情时，她难过地回答："他已经不在了。"

在我走失的那天晚上，古杜也没有回家。数周后，母亲得知他死于一场火车意外。她在同一天晚上失去两个儿子，我无法想象当时她是如何承受这一切的。

在这次的寻根之旅中，如果我还能想要什么，那就是再次见到古杜，哪怕只有一次也好。就是因为我太想念他，才会要求他带我去布尔汉普尔。听到他的死讯让我感到非常难过。

稍晚，我得知了更多关于那天晚上发生的事情的信息，以及母亲是如何看待我们两人的消失的。一开始，她有点生气我跟古杜就这样走了，因为我应该要帮她照顾谢姬拉。但我小时候的印度并不像澳大利亚那样，如果有小孩失踪一个小时就会引起注意，而且母亲也经常一离开就是好几天，就算是小孩也常常自己在屋里进进出出、没人看管。因此一开始她不以为意，可是一周后，她开始担心了。

在母亲看来，古杜一次离开一周以上不是什么新鲜事，但如果他把我带走这么久不回家，就有点不负责任了。卡鲁在外面也没看到我们两个,不知道我们是否在布尔汉普尔附近;而母亲开始担心的最糟糕的情况还是发生了。她让卡鲁在坎德瓦和布尔汉普尔附近打听消息,看看是否有人见到我们,不过始终杳无音讯。

又过了几周,大约在我们消失将近一个月后,一名警察上门了。因为我年纪最小,很难自己照顾自己,母亲最担心我,她以为是警察找到了我的下落。然而,并非如此——警察带来了古杜的消息。他说古杜死于一场铁路意外,并让母亲看照片认尸。有人在布尔汉普尔车站一公里外的铁道旁发现了古杜的尸体,警察到家里来是要求母亲去认领尸体的。我问母亲是否确定就是古杜,她缓缓地点了点头。这对她而言是非常残忍的话题,因此,其他的一些细节我选择询问卡鲁。

古杜,当时刚满十四岁,从某种意义上来说,他如果是从行驶的火车上摔下来的,要么摔进轨道里,要么会撞到铁轨旁的东西上,然而,从照片来看,他既没有被车轮辗过,也没有撞到铁轨旁的东西上。古杜的一只手臂有半截严重受伤,还失去一只眼睛……难以想象,这样的画面对一个母亲来说,是多么残忍!

我想去古杜的坟前看看,家人却告诉我这已经不可能了。现在有些房屋就盖在他的坟墓之上,建筑工人在开始盖房子前甚至没把死者骨骸移走，屋主或开发商根本不想知道，或根本就不在意。要听完这种事情不容易，我觉得哥哥仿佛被带走了，也像我从他身边被人带走一样，消失得无影无迹。在我心中的某个角落，我稍稍能理解当年我消失时家人的心情。我们甚至没有古杜的任何照片，因为当年我们也没钱去拍全家福。他是我们家的一分子，我们也是他人生中的一部分，而现在关于古杜的一切都只能留在回忆里了。

我不确定家人是否能完全理解，为何我会对无法在古杜墓前悼念感到如此沮丧。对他们而言，这件事情已经过去了很久；但对我而言，古杜的死亡是今天才发生的事情。无法好好悼念他是我回到澳大利亚后感到最遗憾的事情，他在布尔汉普尔月台上对我说的最后一件事情就是他会回来。或许他并未回来，或许他回来后发现我不在了。不管是哪一个结果，我都希望能有与他再相聚的机会，但现在，我永远都无法知道那天晚上到底发生了什么事情，我心中一部分的谜团永远解不开了。

家人担心我同样遭遇不测，甚至遇到更糟糕的情况，他们完全不知道我是死是活。我尤其能感受卡鲁的心情：他失去了两个兄弟，一夕之间变成家里最大的男人，也意味要承担全家的责任。他可能得肩负跟母亲相同的责任，这对一个年轻男孩而言，无疑是巨大的重担。

我也得知一些有关父亲的消息。他还活着，但已经离开坎德瓦，搬到位于北边数百公里处的中央邦的首府博帕尔（Bhopal）和他的新家庭同住；这座城市在八十年代初期是以美国联合碳化物农药厂的化学灾难而闻名的。家人仍怨恨父亲抛弃我们，因此即使我对他有着许多的好奇，也只能暂时压下放在心里。

经过了第一天的混乱和庆祝，雪莉尔告诉我，有些人问我母亲如何确定我就是她的儿子？我是否是冒名顶替的？或者我们两人都搞错了？只因为两人都太希望是事实，因此忽略了其他事情？我母亲回答，不管在哪里，母亲永远都能认得孩子，打从她看到我的第一眼开始，她就完全不怀疑我的身份。

但其实还有一种方法能够完全确认。她双手捧着我的头倾身向前，寻找我小时候为了躲避狗追在街上跌倒时，眼睛上方留下的疤痕。就在那里，就在右边眉毛的上方。她指着疤痕笑了——我是她的儿子。

直到深夜，母亲的屋里还聚集着满满的祝福者。最后我必须离开了。我整个人像被榨干似的，整个脑袋、整颗心都满到感觉快要爆炸了。尽管我和这群人没有共同语言，但是跟每个人道别还是得花上一番工夫——通过深深地凝视与拥抱。

我想,在每个人的内心深处都有相同的问题:这次我踏出门后,是否还会再回来?我向大家保证,我隔天会再来。母亲终于放手让我走,目送我坐上卡鲁的摩托车后才离开。我们兄弟俩无法交谈,但我在军营大饭店下车后还是谢谢他,然后卡鲁又骑了一个小时的车回到他现在所住的地方——布尔汉普尔。这听起来有点讽刺,因为这是我一直在寻找的城镇。

回到饭店房间,我想起自小时候离开后,我的人生是如何彻底转变。就在那个下午,我找到家人,不再是个孤儿。而对我而言具有重大意义的寻亲之旅也就此结束。我思忖着,接下来该做什么才好?

我一直想着古杜,很难想象当年他到底发生了什么事情。古杜上下火车从来都是非常有自信的,而且他也在火车上工作过好长一段时间,我很难想象他会掉下火车。还有其他的可能性吗?或许是他回到车站后发现我不见了,到处找我的时候出的意外?哥哥们有时会跟火车站附近的小孩发生冲突,会不会他猜想附近的小孩欺负我,于是便跟他们大打出手?最糟的可能性,莫过于因为把我单独留在火车站而让他有很深的罪恶感,于是他很紧张地想找到我的时候做出的冒险行为,最终让他出了意外，或因为满脑子都在想我，才导致他坠落火车。

他可能以为我已经回家，但他没有回去确认——我很难不去想，如果那天晚上我没有搭上那辆火车，古杜也许就会按照计划回家，或许他现在也还活着。就理智上来说，我知道他的命运不是我该承担的责任，但是我始终很难摆脱这种自责的想法。我相信凡事都会有答案，只要努力付出就能解决问题，然而这次我了解到，我必须接受永远都无法知道哥哥发生了什么事的事实。

睡觉前，我发消息给在霍巴特家中的爸妈：

我一直想找到答案的问题，现在已经解开了，从此没有更多的无解谜题。我的印度家庭真实存在，就跟我在澳大利亚的家一样。亲爱的爸妈，我的生母很感谢你们将我抚养长大。我的兄妹和母亲也了解到，你们是我的家人，他们无意介入也不会去想改变一切。他们很高兴能看到我还活着，他们想要的就是这样而已。我希望你们知道，你们在我心中永远是排在第一位的，这一点永远不会改变。我爱你们。

不意外地，这又是我一个难以入眠的夜晚。

## 补缀迷失的童年时光

第二天一早,卡鲁骑车到饭店接我前往母亲的住处。母亲热情地欢迎我的神情跟昨天一模一样,或许她不敢相信我还会回来吧。

卡鲁来饭店接我之前,已经先将妻子和儿女送回了母亲家。他向我介绍了他的家人——神奇的是,这四个人是从布尔汉普尔乘坐同一辆摩托车过来的。我前一天得知谢姬拉有两个儿子,我很高兴自己当了舅舅;此刻也很开心见到侄女和侄子。

相聚过程中,我们一度安静地喝着茶、相视微笑着;但没多久,屋里又开始跟昨天一样,络绎不绝的访客开始登门,我在雪莉尔和其他人翻译的帮忙下跟访客打招呼,然后向他们讲述了这些年发生的故事。接下来的四天里,每天都是如此。不久之后,谢姬拉也带着丈夫和孩子回来了。她家位于加尼什塔莱东北方一百公里外的哈尔达[1],大约需要两个小时的车程。

家人无可避免地问起来我的妻子和小孩的情况。听到我还没结婚生子,他们感到非常诧异。我想,如果我是在印度长大,这个年纪的确应该成家了。但他们似乎也很高兴听到我有女朋友,虽然我不确定母亲是否了解女朋友这个概念。

到了第二天,当地的新闻媒体听说走失多年的小男孩已经长大成人,毫无预警地出现在加尼什塔莱街头。地方媒体和国家媒体一同出现,电视台摄影机在我家门前一字排开。他们提出许多问题,大部分都需要通过翻译我才能搞清楚问的是什么,我只好一遍又一遍地重复自己的故事。讲到最后,我都快觉得这是别人的故事了。

媒体对我的经历表现出的浓厚兴趣,很出乎我的意料。我从没想过自己的归来会引起轰动,对此也毫无心理准备。这种

---

[1] Harda,位于印度中央邦哈尔达县的城镇。

情况不可以不说增加了我的心理负担,但我也发现一件因此而让人开心的的事情——印度有十多亿人口,经常能看到无人看顾的小孩在街上跑来跑去,这可以说是一种非常混乱、甚至恶劣的环境。不过在加尼什塔莱——其实应该是整个国家——人人都陷入极度兴奋的状态,因为一个走失多年的孩子,杳无音讯地过了二十多年后,竟然能再次找到家人。

随着越来越多的人赶来看我,原本单纯的家庭团聚变成了一场大家的庆祝狂欢,大街上的人们,随着音乐跳起了舞。我二十五年后的归来,好像给周围的人带来了很多的鼓励,我似乎向他们证明了一件事,即便生活中有再多苦难,也不能代表一切都不会变好。有些时候,奇迹还是会发生的。

我们这一家子,似乎都习惯了将心里的情感压抑起来,总是在积累到避无可避的时候,才会释放出那些一直隐藏着的情绪。当一家人终于有时间独处时,我们却在大部分的时间里相顾拭泪,有开心的泪水,也有因为错过了多年的相处时光的悲伤。我现在已经三十岁了,卡鲁三十三岁,谢姬拉也二十七岁了。当初的谢姬拉,还是一个需要我照顾的小婴儿,而现在她已经是两个可爱的孩子的母亲了。

看着谢姬拉,我想起了一件事,连忙从壁炉中抓起一块木炭给她看。她笑了，因为她小时候很爱木炭。记得她一两岁时，可能因为太饿了，我有时会发现她在吃木炭，整张脸上都是被木炭涂过的痕迹。（木炭后来对她的消化系统产生了严重影响，我们还带她去找过一个掌握着偏方和传统医技、知道该如何治疗她的妇人，幸好没有造成永久性伤害。）现在我们会为此大笑，也说明我们距离那些日子有多远了。

谢姬拉和卡鲁都很幸运，因为他们都有机会能上学。由于我和古杜的离开，母亲才有办法让他们接受教育。谢姬拉成为了一名教师，能说能写北印度语和乌尔都语（但不会英语）。谢姬拉告诉我，前一天接到母亲电话时她还不相信，觉得肯定是诈骗集团或有人在开玩笑。但母亲语气坚定，尤其是母亲提起印有我童年照片的纸张，这才说服了她。她感谢上帝赐予的奇迹，连忙搭乘火车赶回家相聚。她说一看到我，仿佛是"迷失在时光中"，瞬间回到我曾经照顾她的那些日子。她一眼就认出我来了。

卡鲁则小有成就。他现在是工厂经理，还兼职做校车司机补贴家用。相隔一代，我的家人的职业从石头搬运工变成了教师和经理。对于失去孩子的家庭来说，因为失去两个孩子才换来其他孩子脱离贫穷的机会，这种结果算是悲喜参半。但对卡鲁而言，命运并未因此顺遂。我和古杜的离开对卡鲁的人生造成了很大的影响，为此我深深感到难过。卡鲁身为家中唯一的男人，全家的重担都落在他身上。

尽管在我和古杜离开之后他才有了机会上学，他也为了学开车而提早辍学，希望能找到更好的工作来养活母亲和谢姬拉。他不会摆脱失去手足的痛苦，最后也导致他决定离开加尼什塔莱和坎德瓦，选择搬到布尔汉普尔居住。他告诉我，一直以来，他不时会质疑自己作为一个印度教徒的信仰，但他也相信诸佛菩萨终有一天会还他一个公道，也就是让我回来。我的归来深深影响了他——或许这也代表他长期埋在心底的伤痛终于得以疗愈，也有人一起分担重担了。

接着，我们聊起了在我离开后家中的许多困境。谢姬拉甚至坦承，自从我走失之后，一直以来她都很害怕送孩子去上学，因为她害怕有一天她的孩子也像当初的我一样，出去就回不来了；除了这些之外，也有充满欢笑的时光。让我感到最不解的，莫过于发现我从走失的那天开始，就一直都念错了自己的名字，自己受洗时的名字原来是"斯鲁"（Sheru），北印度语的意思是"狮子"，而现在我永远都叫萨鲁了。

在加尼什塔莱让我回忆起许多事情，跟家人聊天时想起更多。当年有许多事情都因为年纪太小而无法理解，我在接下来几天里所得知的事情，有助于填满童年记忆的缺口——其实这也是数百万人口小镇上、印度寻常人家的故事。我也进一步了解了生母的人生历程，尤其是她面对困境的坚强与韧性更令我十分钦佩。

母亲的娘家在印度种姓制度下属于拉杰普特人战士阶层，她的父亲是警察。母亲的名字源自印度教的创造女神卡姆拉，我记忆中的她非常美丽，尽管经过多年辛劳，甚至是心碎的时光，至今依然美丽如昔。

我父亲的身材比她矮小，有着宽胸和方脸，年轻时头发便已斑驳，总是一身伊斯兰教白衣，是一名建筑承包商。他二十四岁时和当时十八岁的母亲结婚。

我总算知道为什么当年很少见到父亲。在我大约三岁、古杜九岁、卡鲁六岁，而母亲还怀着谢姬拉的时候，父亲宣布要另娶一名妻子，身为伊斯兰教徒这是合法的；而且他要离开我们搬去跟新婚妻子同住。父亲宣布再婚前，母亲显然对此一无所知，对她来说，这无疑是一道晴天霹雳。

父亲是在工地认识新妻子的，当时她是一名劳工，也是用头顶着砖块、石头穿梭在工地上的。父亲就住在镇外，母亲有时还会在他居住的地方见到他。父亲的第二任妻子对此感到嫉妒，总是想办法把母亲赶走，而母亲也深信是这个女人不让父亲见我们。在我的记忆中，我不记得父亲曾到家里看过我们。

虽然在伊斯兰教的教法规定下，被丈夫遗弃的我的母亲可以提出离婚，但她没有这么做。尽管父亲从此不再和我们住在一起，也不会再继续养家，但是在名义上，母亲依然是他的妻子。

这一切都让母亲深感不安，她形容最痛苦的时候，就像飓风席卷了她的生活。有时她感到迷茫，找不到方向，甚至有些天地不分。她想自杀寻死——她甚至想过全家人一起服毒，或是躺在附近的铁轨上，让经过的火车杀了我们。

她最终决定带我们搬到加尼什塔莱的伊斯兰教区，当时就住在目前废弃的那间房屋里。她觉得原生的印度教家庭是不会再接受她的，而伊斯兰教团体则在她遭遇了这么多挫折后，依然支持她。我猜想她当年也曾考虑过，周围环境繁荣一点比较适合孩子成长。时隔多年后再次回到这里，我发现此地的宗教隔阂比记忆中淡化了许多，现在已经没有明显区别了。

虽然母亲搬到了伊斯兰教区居住，但她并未正式成为伊斯兰教教徒；一直到我失踪后，母亲才加入伊斯兰教，但并未像其他来访的女性友人一样蒙着脸。我不记得小时候有接受过任何宗教的教条规范教育，不过那时候我倒是隔三岔五不时会去附近由巴巴所管理的清真寺玩儿。

在我成长过程中伊斯兰教对我产生最大的影响是让儿时的我很不愉快的割礼。我不知道为什么，即使我没有改变宗教信仰，却还是得忍受这件事情。或许母亲认为遵循某些当地文化习俗有助于维持和周围人的良好关系，也或许有人告诉她，这是住在这里必须要遵循的事情。不管是什么原因，当初割包皮都是在没有麻醉的情况下完成的，所以毫无疑问地这成了我最清晰、最早的记忆之一。

当时我跟一群小朋友在外头玩儿，有个男孩来找我，要我马上回家。我一到家就发现一群人聚在家中，包括巴巴在内，他说有一件重要事情即将发生。母亲要我别担心，一切都会没事。接着有几个我认识的、住在附近的男子带我进入了楼上的房间，房子中央有一个大陶盆，他们要我脱掉短裤坐在盆上。其中两个人抓住我的手臂，另一个男子站在我背后用双手固定我的头部，其他两名男子则将我的身体牢牢地压在盆上。我完全不知道要发生什么，但我努力保持冷静，直到另一名手持刀片的男子走进来。那名男子熟练地在我身上下刀时，我放声大哭，其他人连忙压住我。当时非常痛但很快就过去了。他帮我包扎伤口，母亲则让我躺在床上休息几分钟，随后换卡鲁上楼，同样的事情又发生一遍；但古杜没有上楼，或许他之前已经做过了。

当晚邻居举行派对，又是大餐又是唱歌，但我和卡鲁只能静静地坐在屋顶听着底下的欢乐声。我们有好几天都不能出门，在等恢复的时间里我们被迫禁食，而且只能穿上衣，不能穿裤子，这样一直持续到伤口完全愈合。

没有了父亲养家，母亲不得不出去找工作。谢姬拉出生后没多久，母亲就去工地当搬运工了，跟我父亲的新妻子一样。所幸她是一个强壮的女人，能负担这类沉重的体力活。母亲的收入非常微薄（即便以当年印度农村工人的标准来看也是如此），在烈日下用头顶着沉重的砖石从早到晚地工作，也只能赚到区区几块卢比。她一周工作六天，收入大约只有一块零三十分美金。古杜也出去找工作，他的第一份工作是在餐厅洗碗，收入连半美元都不到。

在伊斯兰教区乞讨所得到的食物种类比以前多了很多，有时甚至能吃到羊肉或鸡肉。我记得在节日、婚礼派对或其他庆典时也能吃到特别的食物，而且这类活动在这个地区内经常举行。有些庆典活动还会不断地举行，这代表我们不只会有很多好玩的事情，还会有许多免费的食物。

在衣物方面，我们都是穿邻居的旧衣服。幸好当地气候温暖，我们也不需要太多衣物，简单的棉质衣服就已足够。接受教育就不用想了。我当年经常徘徊在圣若瑟书院外，看着幸运的学生来来去去，坎德瓦的孩子至今依然在这里读书。

古杜身为长子，他认为自己有责任扛起养家的担子，因此他不断地尝试找新的工作，想多赚一点钱回家。有人告诉他，在火车站月台上兜售物品能多赚点钱，因此他才开始向旅客推销牙刷盥洗套装。他也因为《童工法》被关进监狱——当地警察都认识他，也认识我、卡鲁和附近许多小孩；在警方眼中，我们都是投机分子，甚至可能是小偷。举例来说，我们知道要如何在车站内的货运列车中，割破一包包堆叠的大米或鹰嘴豆，一般来说我们都能顺利脱身，抓到顶多被打几个耳光，也不至于因此对社会构成严重伤害。可是基于某些不明的原因，尽管古杜被捕时可以受到法律保护，警察还是把他关进了监狱。

几天后，一名当地警察才告诉母亲古杜的下落。她带着我们三个，一起去青少年监狱，那是一栋令人印象深刻、如庞然大物般的建筑。母亲哀求着想让警察释放古杜。我不知道母亲具体说了什么，但我很确定她的意思是，如果儿子没出来，她绝不会离开。

父亲彻底抛弃了我们，而母亲选择独自将我们抚养长大。家人告诉我，父亲跟我们一起住的时候行为非常暴力，经常会把心中的不满发泄在家人身上。当然，那时我们非常无助——一个孤单的女人和四个孩子对上愤怒的男人。他想要摆脱我们，并坚持娶新妻子，甚至试图强迫我们离开坎德瓦。可是因为母亲没有钱带我们离开，又没有地方可住，更无谋生之道，加尼什塔莱是她唯一能生存的地方。最后，父亲和她的新妻子选择搬去坎德瓦郊区，这才稍稍改善了我们的困境。

我当时年纪太小，无法理解父母分开的原因，以为父亲只是不在家。有几次我拿到塑胶拖鞋，据说是他买给我们的。

我唯一一次见过父亲的记忆是在我四岁的时候，因为全家人都得去他家看望他刚出生的宝宝。母亲一早叫醒我们，让我们穿好衣服，然后我们在酷热的天气中步行着赶到坎德瓦市中心去坐公交车。在路上的时候，我特别注意看了一下谢姬拉，她因为在炎热的天气里长时间步行，整个人看起来快要虚脱了一样。公交车车程虽然只有短短几小时，但加上步行和等车的时间，整个行程要花上一整天的时间，下车后我们还要继续走一个小时才能到父亲家，等我们进村时已经是深夜。

当晚我们挤在一户人家的家门口，屋主是母亲认识的人，不过里面已经没有空房，反正晚上很热，睡门口也不会太难受，至少不必流落街头。隔天早上，我们几个人分着吃了一小块面包和一点牛奶后，我才知道母亲不会跟我们一起去看父亲，因为人家不准她去。因此，我们四个小孩就在父母共同友人的陪伴下上路，前往父亲的家。

尽管发生这些事——也或许是我太健忘——我还是很开心看到父亲站在门边迎接我们。我们进到屋内，看到他的新妻子和小宝宝。在我看来，他的新妻子对我们很好，煮了一顿丰盛晚餐，我们还在他家过夜。不过半夜的时候，古杜把我摇醒，他说他和卡鲁要溜出去，问我是否要一起走；当时我只想睡觉，迷迷糊糊又睡着了，压根没听见他们说的话。我再醒来时，听到有人大声敲门，父亲出去应门——原来是一名男子看到我两个哥哥从村里跑向后面的田野，担心他们会被野生老虎攻击，赶来提醒父亲的。

我后来才知道，古杜和卡鲁那天晚上是要逃走的，他们对于在父亲家里发生的事情感到很不高兴，并且想摆脱父亲和他的妻子。所幸当天早上我们就找到了他们，两人安然无恙。

然而，古杜和卡鲁的连夜逃跑，带来了新的问题：当天早上，我在街上看到父亲带着几个人走了过来，我意识到他是在追打母亲。就在离我不远处，母亲突然停下脚步，转身面对父亲，双方发生了激烈的争执，两人都大声愤怒地叫嚣着，而且双方背后瞬间站满了为他们助阵的人。双方的争执后来演变成了印度教信徒与伊斯兰教信徒之间的紧张情势，冲突一触即发；信仰印度教的就排在我母亲后方，面对着父亲背后成排的伊斯兰教徒。我们几个小孩躲到母亲背后，不知道会发生什么事情。然而，接下来发生的事情，出乎大家意料，父亲拿起一块石头往母亲头上砸。石头落下时，我就在母亲旁边，她痛得跪倒在地上，头部血流不止。或许父亲的暴力举动吓到了大家，现场的气氛也随之冷静了下来，并未再出现任何挑衅行为。当我们围在母亲身旁时，刚刚为母亲和父亲助力的人群也逐渐散去。

一个印度教家庭有空房收留了我们几日，也让母亲有地方得以休养。他们事后表示，警察带走了父亲，在村内警局的牢房里关了一两天。

这场意外的插曲也让我对母亲的勇气留下了深刻的印象——不只是转身面对追赶她的人，也因为印度贫穷人家是如此脆弱。真的，那些群众散去只是我们运气好。我的母亲，甚至是她的小孩，当天就算死于意外也不足为奇。

或许是因为我已经离开太久的缘故，对于是否要和父亲见面，我是持开放态度的。这很难想象为什么，毕竟我对他的印象不深，而且都不是好事——尽管如此，他依然是我生命中的一部分，是我人生故事中的一个章节，或许家人有时候也要学会原谅过去的错误。然而，由于他在远方，我也不知道他是否想见我，因此我决定这次先不去找他。这一次我并未对任何人提起此事，而且就算要做，我也希望能得到大家的祝福。我知道这件事情必须等到与家人重新熟悉后，再小心处理。

这段期间我一直待在出生地、长时间和家人相处，让我开始思考大家口中常说的一个字——包括我在内——"家"。我最后终于回到家了，是吗？

我不知道。走失之后，我很幸运在短时间内被一家善良的人家收养，不只是住在另一个地方，也变成另一个人。如果我当初继续住在印度，我肯定不会是现在的我。我不只住在澳大利亚，也认定自己是澳大利亚人。我属于布莱尔利家族，跟女朋友丽莎在霍巴特也有自己的家。我知道自己属于什么地方，而且在这些地方都有深爱我的人。

但是，找到坎德瓦和我的印度家人也让我觉得自己像是回到了家里。在这里就是会有一种舒服的感觉；有被爱的感受，也有归属感，这是我事前没想过、也很难解释的感受。这里是我人生前几年生长的地方，也是我血脉的根源。

因此，当返回霍巴特的时刻到来时，我感受到了深深的离别的痛楚——时间过得太快。我答应母亲、妹妹、哥哥和他们的家人，我很快会再回来。现在我知道自己有两个家，尽管两地相隔千里，但我对两个地方都有很深的情感牵绊。

这趟寻根之旅尚未结束。我找到了一些答案，但也还有很多问题；有些甚至没有确切答案，而这些问题始终存在。不过有一件事情很清楚了：在我的两个家——印度和澳大利亚——之间的这条路，我注定要走上许多回。

## 因为相信，我们回到了彼此的生命里

在印度时，我收到来自阿萨拉兴奋的祝贺短信，她从我父母那儿听说我跟印度家人团聚的消息。自抵达墨尔本后，我们两家人一直保持着联络。尔后，我回到霍巴特，也特地打电话和她分享喜悦；遗憾的是，因为她在印度的父母早已双亡，她永远没机会踏上跟我相同的旅程。阿萨拉替我感到开心，并问我找到过去的家人之后，接下来有什么打算。自从回到坎德瓦，我心中纠结着各种真相和情绪，也不知道该说什么才好。

我从没想过找到老家、甚至是找到母亲后，下一步要怎么做。原以为这就是故事的结局，但此时看来更像是一个全新的开始。我现在拥有两个家，得想办法融入其中才行，即便这两个家是在地球两端，拥有截然不同的文化背景。

父母和丽莎见我回到澳大利亚也松了一口气。虽然我在印度时每天都会跟他们通电话，但他们依然担心我是否有事情没说出口。一开始，他们以为我可能会再度消失，而丽莎也不断担心我的安危——我独自待在一个陌生国家的贫穷地区，天知道会发生什么事情。直到我回家后，才知道那段时间他们心里究竟充满着多少紧张和牵挂的情绪。

不过大家很快就忘了先前的担忧，每个人都迫不及待想听听我和印度家人重逢的故事。当然，他们已经了解了大致的情况，现在是想知道更多细节，包括我们说了什么事情，其他人是否有提起连我自己都不记得的童年往事，以及我是否想回印度。

他们最想知道的，莫过于我是否想回印度，或者是否考虑搬去印度。虽然这段经历对我产生了重大的影响，但我还是再三向他们保证，我还是原本的我。事实上，我也花了好长一段时间才做回原来的自己，用原本的角度看待霍巴特的一切，而不是从一个来自印度贫穷人家孩子的角度。但有一件事情让我彻底改变了，而且变化显而易见：我现在是一个有故事的人，许多人都想听这个故事。在我返回霍巴特的家里没多久，霍巴特当地的报纸《信使报》（*The Mercury*）很快就跟我联系了，有个记者不知从何处得知了这件事情，要对我进行专访，我也同意接受访问。这次的访问也彻底开了媒体的大门，紧接着墨尔本的《时代报》（*The Age*）与《悉尼先驱晨报》（*Sydney Morning Herald*）等国际媒体的采访随之而来。

我们还没准备好因新身份而变成名人——或许也没有人做得到。有时在大半夜，我们还会接到地球另一端的记者的来电。我意识到自己需要有人帮忙处理这些事情，便聘请了一名经纪人。

没多久，书籍出版商和电影公司的人也纷纷找上了门。这一切感觉太不真实了。我是专卖工业水管、软管和配件的生意人，不是寻找镁光灯的人。我只是想找到自己的家乡和家人！虽然我喜欢和人分享故事，但从没想到会变成一个需要经纪人的人，而且还得接受安排与媒体见面。

所幸爸妈和丽莎都非常支持我，给我最大的时间与空间。对着媒体一遍又一遍、重复相同的故事很累人，但我想我有责任做这件事情，这可能在无形中会帮助某些人——帮助曾经想找到迷失的家人、却认为事情难如登天的人重新拾起希望，这是与人分享我的故事的重要性。或许情况不同的人也会因为我的故事受到启发，把握当下的每一个机会，不管现实如何让人气馁，绝对不要放弃。

在这段时间里，我的印度家人从朋友家里借来电脑，我们通过网络视频保持联系；或者应该说他们可以上线，只是那一端没有摄像头，我看不见他们，但他们还是能看到我，并通过翻译或者用生硬的语言和我交谈。

我决定帮母亲在印度的房间里安装电脑和网络，以便随时保持联络，看见地球两端的彼此。现在我们一家人终于团聚了，我也想扮演好这个家庭的一分子，建立双方联系的纽带，并且帮忙照顾母亲和家里的小孩。

我还想理清许多事情，也希望第二次回印度时，这些问题都能得到清晰的答案。时节已近冬天，天气依然暖和，空气中充满了令人窒息的烟雾。像这样的天气，从白天到夜晚，橘灰色的天空不会有太大改变。

我在排灯节①临近尾声时第二次启程前往坎德瓦。排灯节是印度的传统灯节，深具印度文化特色，但我已经差不多全忘光了。不过印度人深爱节日庆典，我知道这肯定是一个充满着五颜六色装扮的节日。排灯节是为了庆祝美好的事物以及摒弃一切邪恶，人们敬拜和赞美吉祥天女拉克什米（Lakshmi），家家户户将供品摆在家中神桌上的天女画像前，感谢神明护佑。除了有节日大餐，人们也会互送礼物，家家户户会点燃传统的小油灯，在房子内外挂上彩灯，盛大程度犹如澳大利亚的圣诞节，四处都在放鞭炮，巨响声整天此起彼落，人们希望借此驱走邪灵。入夜后的天空则会被烟火点亮。

旧城不宽的街道上挂满了节庆的灯饰，我在夜里周围逐渐宁静下来之后回到了家里。母亲告诉我，随时欢迎我跟她一起住，但她也能理解我现在习惯了西方人的生活方式，需要的私人空间和一些设施是她的小屋里没有的。我感谢她为我提供的一切，但也解释我住饭店会比较方便，况且从饭店回家也不

---

① Diwali，印度教的重要节日，又译作万灯节、印度灯节，也称光明节或屠妖节，是一个五天的节日，在每年印度历八月里的第十五个满月日举行。瓦拉纳西是庆祝此节日的主要城市。

远,可以每天过来看她。所以再一次抵达坎德瓦后,我先到军营大饭店放好行李,然后再坐出租车到加尼什塔莱探视家人。

车子经过铁路地下穿越道,街上满是购物的行人,我在加尼什塔莱靠近寺庙和清真寺的广场旁下了车,眼前两座建筑紧密相连、彼此包容。我步行走向儿时经常玩耍的巷子,重拾回家的感觉。

这次重返印度前,我已经开始学习北印度语,也略有进步,但是真要跟人对话时,却像是掉进大海里找不到方向。(我听说在YouTube上有个男子自夸能在三天内让你完全学懂北印度语,或许有一天我会找他试试,不过我还是觉得学习语言没有捷径。)

母亲非常开心,热烈地欢迎我回来,也坦然地接受了我的"另一个人生";她对澳大利亚的印象只有板球,其他一无所知。在我第一次回印度时,那天正好有澳大利亚、印度和斯里兰卡的板球比赛;母亲说在我离开后,每次看到转播澳大利亚队的板球比赛,她都会伸手触碰荧幕,希望我就在她手指触碰到的人群中。谢姬拉和卡鲁也再次从各自的家中赶了回来,所有人都毫无保留地欢迎我的归来。

母亲坚持我们是她的客人,都得坐在塑胶椅上,她自己则坐在我脚边的地板上。我们无需言语交流就能知道见到彼此有多么开心,但通过雪莉尔帮忙翻译后,感觉更棒了。

我们的交流过程依旧缓慢。我的问题通常只有一句话,然后大家会用北印度语七嘴八舌地讨论上五分钟后才回答我,答案通常也是一句话而已。我猜是雪莉尔总结了大家的意思。她是个非常大方、有耐心的人,跟我的家人一样天生带有一股幽默感:我母亲、谢姬拉和卡鲁都很喜欢开玩笑,这似乎是家人的共同点。

我还遇到一名妇女史汪尼玛,她说着一口流利的英语,也对我的人生故事很感兴趣,自愿帮忙翻译。我要支付她翻译费用,但她把钱退还给了我。事实上,我从她父母那里得知,对于我把她出于友谊的善意帮助当成工作交易看待,她感到非常失望。我深深为她的热心所感动,后来我们也变成了好朋友。

接下来几天的午后,在其他亲友的陪伴下,我们聚在母亲家前面的房间里聊天、喝茶、吃东西,在老旧的竹屋顶上生锈的风扇的转动声中,由史汪尼玛帮忙翻译。母亲似乎还是很担心我当年的营养不良会留下影响,虽然历经了二十六年在澳大利亚非常健康的饮食补充,这问题肯定早已不存在,但她还是一直想喂我吃东西。

母亲做的咖喱羊肉是我在加尼什塔莱生活那几年印象最深的食物之一。我在许多地方吃过咖喱羊肉,从路边的咖啡馆吃到高级餐厅,但我敢说没有一家餐厅煮的咖喱羊肉,能跟母亲在家中炉灶上煮出来的味道相比拟。这牵涉到香料的平衡比例以及肉质硬度,如果没有正确烹煮羊肉,纤维就会卡在牙缝里,而母亲在这一点上做得非常完美。我知道这听起来很像任何一个儿子会对母亲说的典型的赞美台词,但我说的是真的!我上次离开印度时带走了母亲的食谱,也按照上面的方式在塔斯马尼亚煮过许多次咖喱羊肉,但母亲煮的味道依然是最棒的!

这次回来,我们聊到这些年来,家人是如何不放弃我回来的可能性。母亲亲眼看到古杜的尸体,所以确定他过世了,但她告诉我,家人并未像哀悼古杜那般看待我的消失,因为他们不愿意相信我也死了。通过信仰,他们得到某些令人玩味的信息。母亲从未停止祷告、祈求我的归来,也不断拜访当地的牧师和宗教领袖,寻求帮助与指引。他们总是告诉母亲,说我很健康、很快乐,过得很好,而最神奇的是,如果问他们我在哪里,他们会指着南方说:"他就在那个方向。"

他们用尽各种可行的方式寻找我。当然,这是一件不可能的任务，他们根本就不知道我去哪儿了。母亲散尽身上的所有财物寻找我，包括付钱拜托别人帮忙找，有时甚至亲自到处奔走，从这座城市走到另一座城市，搜寻任何可能的消息。卡鲁说他们问过布尔汉普尔和坎德瓦的许多警察，他也必须多打工增加收入来找寻我的踪迹，结果依然音信全无。

然而，先不说他们没太多钱，就算有钱，他们也无法制作"失踪儿童"的海报去找我，因为家里根本没有我的照片。他们剩下唯一能做的事情就是祷告。

我开始意识到，寻找母亲和家人在某种程度上改变了我的人生，而她相信我依然活着的信念也改变了她的人生。母亲虽然找不到我，但她做出了很棒的选择：留在原地。在闲聊中，我问她为何还住在加尼什塔莱？她大可搬到布尔汉普尔和卡鲁一家人同住。她回答，她想住在离旧家近一点的地方，万一有一天我回来了，我才找得到她。母亲的想法令我震惊。如果她搬走了，我可能真的从此失去找到家人的机会。她深信我并未死亡的信仰之力，是整个故事中最不可思议的部分。

我经历过许多巧合和奇怪的事情，也学会接受一切，甚至学会感恩。卡鲁和谢姬拉告诉我，他们一直很珍惜小时候我们一起玩耍、洗澡的记忆，全都是充满童年的欢笑和淘气的美好记忆。

　　自从在霍巴特展开新生活，每天晚上睡觉前，我也会想起在印度的他们。我就跟他们一样，经常想起曾经共度的美好时光，也想让母亲知道我一切都好，十分想念她和哥哥、妹妹，希望大家平安健康。

　　这种奇怪而强烈的情感联系会形成某种精神感应吗？这听起来有点牵强，但经历这么多事情后，我实在不能忽视这种可能性。对我而言，我的思绪似乎通过某种方式传到了家人心中。

　　最后，母亲告诉我，有一天她向阿拉祈祷全家平安时，心中浮现出我的身影。隔天，我就出现在加尼什塔莱的街上，回到了她的生命里。

　　第二次回到印度，我们也谈起自从我上次回来后，大家日常生活上的转变。母亲告诉我，有许多家庭因为看到新闻报道，都想把女儿嫁给我，但她希望我的婚姻由我自己做主。我再次向她解释了丽莎的存在，并告诉她我们两人在一起很快乐，但短时间之内没有结婚的打算。她看起来有点疑惑。哥哥和妹妹都已经成家，母亲说她只希望在她去世前也能看到我结婚生子就好，或者用她的话来说，是在她"踏上通往真主的道路前"。她希望在离开这个世界前,能看到有人照顾我。

卡鲁和谢姬拉都说会到澳大利亚看我,而母亲觉得她的体力可能无法承受长途旅行的负荷。谢姬拉说她可以不去看袋鼠或悉尼歌剧院,但她想看看我在哪里长大。他们想见见我的澳大利亚的家人,并告诉我:他们每天都在清真寺为我澳大利亚的家人祈祷。

最让我感动的是,母亲告诉我,如果我想搬回印度,她会出去努力工作,帮我盖一间房子,让我开开心心地生活。当然,我心中的打算正好相反:我想要给她一个家,并尽我所能地让她安度晚年。

钱是家人之间比较尴尬的话题,但我愿意跟他们分享我的一切。从印度家人的标准来看,我是个有钱人,拥有他们只能想象的年薪。但我知道在这件事情上我必须谨慎处理,我不希望因为钱导致事情太过复杂,或破坏我们之间的关系。

我们四人讨论过要如何做最好的安排。母亲当家庭清洁工一个月大约能赚一千两百块卢比;她现在的收入比我小时候好多了,但即便在印度,这个数字也仅能糊口。我和家人讨论出帮助、改善母亲生活的可行方式。我告诉卡鲁和谢姬拉,我有意想帮母亲购房,但我们不知道母亲是否愿意离开加尼什塔莱，搬去住在卡鲁或谢姬拉家附近。由于母亲说她现在住得很开心，也想在同一个地方终老，因此我们决定在当地帮她寻找适合居住的地方，不过也可能选择将她现在的住处大幅整修。

　　我们无可避免会谈到父亲。母亲和妹妹明显不愿意原谅他，他们认为父亲肯定有看到媒体报道我的消息，但很坚持如果父亲出现，无论他如何忏悔，他们一定会坚持要他离开。母亲和妹妹认为，在我们小时候需要父亲帮助的时候，他选择抛弃我们，因此他必须为自己当年的决定负责。

　　他们也认为父亲必须为古杜的死负责，如果不是他抛妻弃子，古杜也不必被迫在铁轨上从事危险工作。在他们看来，古杜的死和我的失踪都要归咎于他把新妻子带回家、宣布是我们已怀孕的后妈那天开始。

　　虽然我的家人发誓无论如何都绝不再与那个男人有所往来，我却没有相同的感觉。如果他后悔当年的选择，我就可以原谅他。或许因为我也会做出无法自己控制的决定，我想他或许也知道是当年的错误才导致后来一连串发生的事情。我不能因为他的错误而恨他，他终究还是我的父亲，即使我跟他不熟。我也忍不住觉得：没有他，我与过去的团圆始终缺了一角。

我一直很怀疑父亲是否想再见到我，但在我离开之前，有个一直和父亲保持联系的友人捎来消息：父亲的确听说我回来的事情，也非常生气家里没人联络他。他最近身体不适，想要见我。

这个适时出现的消息解除了我的困惑。虽然语气很难让人同情，我却无法狠下心无视他的生病。然而，这次我没有时间前往博帕尔，更别说与家人提这件事情、得到他们的祝福和谅解。当时我不得不把父亲的事情搁置一旁。

我一直想见的还有一个人，那就是罗查克。他是当地一名二十岁出头的律师，也是脸书专页"坎德瓦：我的家乡"的博主。他到饭店找我，表示很高兴终于有机会见到我本人。他的脸书专页帮了我一个大忙，帮我确定了我要寻找的地方；罗查克帮我找出从霍巴特家中电脑前往坎德瓦的最佳路线。在我寻亲的这条路上，脸书扮演的角色与谷歌地球同等重要。

我很高兴有机会能亲自感谢罗查克。他也很开心自己和脸书上的朋友在我寻亲故事中所扮演的角色，例如确定喷水池位置与坎德瓦火车站附近戏院等细节（他后来知道我说的戏院已经关门了）。遗憾的是，他当时忘记发送照片让我确认，但我自己也没催他。罗查克说他如果早知道我发问的原因，一定会尽力帮忙。当然，我开始寻找之前也很紧张，不好意思让别人知道我的想法。

我回来的消息传开时，罗查克刚好不在镇上。等他回来后，发现坎德瓦脸书专页的成员突然增加一百五十人，而且有一半的人不住在坎德瓦，甚至不是印度人，他很快就知道发生什么事了。

他喜欢网络联结人们的方式，把偏远地区如坎德瓦的居民和世界各地的人们联结起来，拓展人际视野与建立关系，做到曾经不可能发生的事情。有些人会嘲笑脸书上的友谊关系，认为真实世界里才有真正的朋友。如今罗查克在网络上帮了我大忙，没有比这更好的友谊基础了。

在罗查克离开前，他提醒我有一句北印度语说："万事天注定。"命运选择前进的方向是无可避免的。他认为我找到故乡和家人是命中注定的，就连他帮助我也是。

罗查克还为我做了最后一件事情：安排车辆和司机载我到一个半小时车程外的布尔汉普尔。我在当地住了一夜后，即将展开另一段充满痛苦回忆的旅程。

我将再度搭上火车。

## 追忆人生的答案

在我彻底放下过去的阴影前,我还得做一件事情——我想以成人的身份重新踏上加尔各答。前往加尔各答,我得从布尔汉普尔上火车,就跟五岁时被困、恐慌无助的我一样。我想看看这趟旅程又会唤起什么记忆。

在印度订火车票并不是一件容易的事情。由于座位有限,就算提前预订了位置,还得确保上车时没人坐在你的位置上,也必须确定这个座位在整趟旅程中都属于你。在不知道要前往何处的情况下，订票这件事变得更加困难，我得先找出当年是哪辆火车载着我横跨的印度。

我先在坎德瓦火车站和史汪尼玛碰面。我发现不会讲北印度语几乎不可能买到我想要的车票，只好先离开已经在售票口前排了很久的队伍。在我快被购票过程打败之际，史汪尼玛的帮助犹如天降甘霖般珍贵。火车离开布尔汉普尔后，只会往东北方或西南方走，我们发现两个方向都有可能通往加尔各答——往南会先经过另一个更重要的铁路转运站浦那[①]，从那之后火车就一路向东横跨整个国家；另一条往东北方走的路线会在某地转弯，路线改为往东南方、朝西孟加拉邦首府前进。走北边路线就不必换车。

看到二十五年前可能把我载走的两条路线，我不得不承认当年记忆中存在的不确定因素，有一个重要细节我肯定记错了。我一直认为自己是在临近傍晚时抵达加尔各答的，受困在火车上的时间大约介于十二到十五个小时之间，我跟所有人都这么说，连在网络上搜索也是以此为依据的，但十几个小时火

---

[①] Pune，为印度第九大城、马哈拉施特拉邦的文化首府与第二大城。

车是绝对无法从布尔汉普尔跑到加尔各答的。

如果走北边,两地之间的铁路距离长达一千六百八十公里;如果走东边,经过浦那也只少了一百公里。这段路至少需要二十九个小时。我知道自己是晚上从布尔汉普尔上车,因此我肯定在车上过了两夜,或许我第二个晚上全程都在睡觉,也或许一个吓坏的五岁小孩,在惊吓与哭泣中睡睡醒醒,根本不知道时间过了多久。不管怎样,这段路肯定比我记忆中还漫长。

这也说明为何我长期以来通过谷歌地球画面仔细寻找却一无所获。不只是因为我找错了地方,即便是往西找,我所计算的大概范围也是基于错误的时间长度而来的,如此一来,范围最远也只会落在加尔各答附近。我最后还是因为随意浏览设定范围以外的地方才不小心看到布尔汉普尔的。

如果我一开始算对时间,会不会就能更早找到家人?或许会,或许也不会。既然我决定唯一可靠的方式就是顺着加尔各答铁路沿线寻找,无论如何都得花上好长一段时间仔细检视这些地方,或许我还会查看更远的地方。一旦找遍原定的搜索区域,我也可能会扩大范围继续寻找。我相信终究会找到的。

正当我犹豫该选择哪条路线时,另一个长期留在心中的疑问又浮了上来：我一直认为当年我和古杜跳下火车后，自己就直接睡在了长椅上，醒来看到眼前的火车又跳了上去，这一切全都发生在同一个月台上。如果我们要从坎德瓦往南到布尔汉普尔，同一条路线上几乎所有的火车都是往南开的，要去加尔各答的话不可能不换车。我不得不承认自己有记错的可能性，或许在古杜离开后，我会移动到不同的月台——在这种情况下，我可能搭上往北的火车，直接一路被载往加尔各答——或者我继续往南，然后在某个地方换车。

如同我之前提到过的那样，我那一晚担惊受怕的记忆并不是完整清晰的，有时候能想起来的一些事情也是模模糊糊的。我心中偶尔会闪过当年的部分画面，即便如此，印象最深刻的依然是无法逃离火车被困在车厢里的场景；我对火车靠站也有一些片段的记忆，也记得自己跳下车又跳上另一辆火车这些事情。当年的记忆碎片式地闪过我的脑海，似曾相识，但是跟之前搭乘火车留下的印象又不太一样，我已经无法确定了。但有没有可能我一开始就是往南，然后因为火车停止服务，或者发现自己搭错方向，便换车试图往回走？如果是这样，这意味我可能到过浦那，之后不小心搭上了前往加尔各答的火车。

如果加上我途中换过车的可能性，那我根本就无法判断当年到底走的是哪条路线。假如我在浦那换车，我就有可能往东，跟着火车沿着弯弯曲曲的铁路前进，但也可能成功搭上了一趟回头往北开向布尔汉普尔的车，然后上车之后一直睡觉，让我接着被火车拉着从东北方的路线前往加尔各答。也或许我原本搭乘往南的火车在我睡着时又掉头向北行驶，抑或是我搭乘的那列火车在某处换了火车头，然后一路向北开。我不得不承认要找到答案很难，而且这看起来永远都是一个无解之谜。

如果我无法确定当年走的是哪条路线，那现在选择哪一条路线也都无所谓了。重点是要体验这趟路途的距离，以及这趟旅程的无限感受，或许借此唤醒某些深藏的回忆，也让某些记忆从此沉淀。带着这样的想法，我就以被困的时间长度为考量，选择最直接的东北方路线。坦白说，有一部分原因也是因为这条路径最容易也最舒适——有一班车是清晨驶离布尔汉普尔，而往南的路线则需要深夜先到浦那，然后等到凌晨才发车往东。

我决定搭乘的列车是加尔各答快线（Kolkata Mail），这条路线所经过的地区跟八十年代相同，当年是叫加尔各答快线（Calcutta Mail）。这条路线始于印度西岸的孟买，在清晨五点二十分抵达布尔汉普尔，然后一路开往东部的同名城市，所以我得在当地过夜。事实上，这条特定路线不太可能是我小时候走过的路，它大概只在布尔汉普尔停留两分钟，火车司机会在此时检查新上车乘客的名字。我怎么可能在这么短的时间内跳上车，然后在它开走前睡着？而且我记得当时车上没有火车司机；当年整趟痛苦的旅程中，我怎么会都没见到火车司机，这到目前仍是个谜。

跨越邦界的列车固定都有火车司机，这也是当年我想搭返程的火车回家时，却无论如何都无法离开加尔各答太远的原因；因为我要避开火车司机，而大概只有在区域火车上才不会有人注意我。（这当中也有幸运的成分：如果我成功离开加尔各答，有很高的概率是我会被载到另一个不知名的地方，而不是中央邦，那问题就更麻烦了。我可能会第二次，甚至第三次迷路。离开加尔各答，可能也不会有领养机构找到我了。）

我不想因追踪过去的确切足迹让事情变得更加复杂，因此我选择了加尔各答快线，在罗查克和史汪尼玛的协助下，一切事情准备就绪。前往布尔汉普尔的列车抵达前，我又去看了母亲一次，虽然只在家待了很短的时间，几乎只有一杯茶的时间，但是我们一起合拍了全家福，看到照片，我才发现自己与母亲、手足长得有多像。这一回，史汪尼玛已经回到她居住的浦那工作，所幸还有雪莉尔帮我们翻译最后几分钟的对话。

母亲和雪莉尔陪我去坐车，我们穿过门外成群的好奇的人——他们都想来看我这个走失的男孩如何再度离家的。这一次的离开让我觉得格外难过，因为我不断地想起我五岁时走丢的那一天。上次我走在这条路时还是个小孩，当时也没有跟母亲说再见；而现在，经过四分之一个世纪后，母亲紧紧地抱着我，脸上始终挂着笑容。虽然对我们母子两人来说，这发生的一切都让人百感交集，但这次她不必再担心我不会回来了。她知道，现在无论我们在哪儿，我们最终都能找到彼此。

当天晚上，我待在布尔汉普尔当地旅馆的庭院餐厅，看着排灯节最后一夜的烟火点亮夜空。我知道就算坐上加尔各答快线也无法解答自己心中对当年的所有疑问。事实上，对于这趟旅程接下来会发生什么，我感到非常紧张，再加上其他的记忆——想起之前的我——这条路对我来说可能是一个大挑战。

有人建议我，为了乘车时间有保障，最好提前一小时到布尔汉普尔火车站，因此我把闹钟设在凌晨三点十分。其实我根本不用为此担心——清晨，我被一阵敲门声叫醒了。我打开房门看到一名身穿军用夹克的年轻男子,整张脸几乎被头巾遮住,自称是旅馆柜台帮我预订的嘟嘟车司机。旅馆没有热水,打在脸上的冷水彻底让我清醒了过来。

凌晨四点我办理了退房手续,然后,走进了外面的黑夜。我们将行李放进三轮汽车里,在寂静的街上向火车站疾驰而去。路上经过几座公寓楼,有的已经建好了,有的刚建了一半,从旁边彩色广告牌上显示的内容来看,这些公寓很快就要全部落成了。印度几乎到处都能看到类似的广告牌,每块广告牌上都展示着新建筑配备有健身房、游泳池和各种先进设施的内容,我想这也是反映经济繁荣的现象吧。

太阳升起前天气很凉。由于我昨晚一直在想接下来的旅程,几乎都没睡,因此迎面而来的凉风有助于我保持清醒。我看到附近凉棚下,熟睡的牛和猪挤在一起的轮廓。

我们把车停在车站外,有些人围坐在一起,也有一些人用毛毯将自己紧紧裹着,躺在地上睡觉,看起来像是躺在尸袋里,画面很恐怖。火车站内的亮红色公告牌上显示,火车误点了一个小时。我精心做的计划到此为止了。

我有充足的时间可以在火车站周围看看了。我第一次前往加尔各答就是从这里开始的,虽然眼前的车站跟记忆中的是同一个地方，但是有些事情还是改变了。我记得以前月台上的长椅是木头板条的，包括那晚我睡过的椅子，但现在全都变成了搭配着木框的亮晶晶的花岗岩椅子。还有，虽然现在的加尼什塔莱似乎比我小时候更加脏乱了；当年的布尔汉普尔火车站也很脏，到处都是垃圾，但现在的火车站变得很干净，墙上贴着一张海报，上面是一名警察逮捕了一个在月台上吐痰的人。

看着对面月台，我确定那就是我当年上车、想要去找到古杜的地方。我一开始肯定是被载往南方了，虽然不知发生了什么，我后来还是先经布尔汉普尔才往北方去的。我的脑海中浮现着各种的可能性。

一个在对面月台上揽客的卖茶小贩朝我看过来，引起了我的注意。我不知道该怎么办，只好向他挥手——没错，我想要一杯茶。他以手势示意我待在原地，然后跳下月台、跨过轨道，茶依旧平稳地留在他手中的铁盘上。就在他爬回原来的月台时，一辆货运火车轰隆隆地驶过车站，那一幕景象非常骇人。

澳大利亚火车经过车站时通常会减速，但是在印度，所有火车经过普通的小火车站时几乎都是呼啸而过的，连月台都会随之震动。卖茶小贩与火车共生，能专业又准确地判断出时间，不过一旦分心，误判后的影响之大，不是留下永久的遗憾，就是被判有罪。

尽管我不确定自己是从哪个月台上车的，以及我是否搭乘的是同一列火车，就算记错部分细节，我脑海里火车的画面依然清晰。我记得自己爬上火车寻找古杜，然后缩在其中一张椅子上睡着了，在日光照射下醒来后，发现自己在疾驶前进的空荡车厢内。我还隐约记得火车中途至少停过一次，周围都没人，而且我一直无法开门出去。我感到困惑与害怕，所以如果时间计算错误应该也不意外。对一个五岁的小孩而言，那段时间感觉就像永恒吧。

天空渐露曙光，人们零星地抵达了月台，火车误点对他们来说似乎是意料之中的。有些人把自己裹得像身处冰天雪地的环境中一样；在如此炎热的地方，清晨的低温可能会让当地人感到不太舒服。他们举着各种行李箱、包包和成捆的物品，家电用品就用纸箱紧紧绑好。随着天色渐亮，我看到了火车站后面的大水塔，我就是靠着它从卫星地图上认出布尔汉普尔的。幸好它没有被拆除或移走，否则我就认不出这里了。

加尔各答快线的火车在清晨缓缓地进站时，已经从靠近阿拉伯海的孟买向东北行驶了八个小时，经过的距离长达五百公里。我站在指定车厢停靠的位置，当然，上车之前肯定有火车司机检查名单，然后才能上车找位置。我可没打算像第一次搭乘火车时那样去克服困难，这次我订了"头等车厢"，希望会像阿加莎·克里斯蒂笔下的东方快车一样，但实际情况好像不太一样；这辆火车上没有豪华车厢，也没有身穿白色制服配金色纽扣的服务人员手托银盘、提供琴通宁。

车厢的构造跟我小时候搭乘时见过的低等车厢非常相似：窗边有面对面的单人座，走道旁是开放式隔间，里边有面对面的床椅，可用来睡觉。当然，能预约到头等车厢已经不错了，只是破旧的褐红色皮椅还是很硬，坐着很不舒服。幸好我不必全程一直坐着，我的车票还包含过道旁的床椅，而且至少在眼下，我拥有自己的空间。

关于我第一次搭乘火车的记忆中，还有一个解不开的谜团：我所在的车厢在抵达加尔各答之前都空无一人。空车厢在印度是很罕见的，但我非常确定——如果有人的话，我肯定会寻求帮忙，就算是火车司机我也不会跑。当然，相邻的车厢里可能有很多人，只是我无从得知——我没有看见任何人或听到任何声音。我一直坐在空车厢里等待有人来开门。当年车厢上锁是因为要拖去修理吗？我是不是跳上一节工作火车，不是载客用的，甚至不是班表上的火车？如果是，那为何火车会一路开往加尔各答？

当火车缓缓驶离月台，我想起当年迷失无助的经历，不禁打了个冷战。但我今天要直面当年让我恐惧的情景，踏上跟当年一样远的路程，以成年人的方式改变某些埋在心底的事情。我也想回到加尔各答再次看看我曾经生存过的街头，也要拜访那瓦济凡之家的索德太太和其他人，那里是改变我人生的重要地方。

火车开始加速，布尔汉普尔站的月台已不见踪影，我环顾车厢四周，心想同行旅客不知将展开的是哪种旅程。

当我还是个小孩子的时候，印度只有重要人物才能搭飞机，例如政客、商业大亨及其家人，或是宝莱坞的电影明星。铁路是印度的血脉，负责运送货物、旅客和钱。借助火车，印度中部偏远地区的人们才能有机会一窥繁华都市的面貌，也难怪当年我们经常在火车站外围逗留，看着来来去去的人群，也通过贩卖物品给旅客挣钱——就像导致古杜被抓的牙刷盥洗组贩卖事件——或是乞求旅客给予一些财物。铁路是我们和整个国家联结的唯一方式，至今而言，对许多人来说或许依然如此。

不过，火车行驶的速度并不快。和史汪尼玛购买加尔各答快线的车票时，我发现这辆列车的平均行驶速度是每小时五十至六十公里。我的印度同学显然高估了印度普通火车的速度，幸好也因为如此，加上我以为只搭乘了半天火车的错误记忆，导致一开始的搜索范围过大。如果他们知道火车开得有多慢，我可能还得在地图上寻找许久。我靠在座位上，还有将近三十个小时的车程在前方等待着我。

一开始，同车的大部分旅客都躺在自己的床椅上尝试入睡，但没过多久，周围传来了脚步声和交谈声，接着窗帘被拉了起来，火车上的旅客纷纷醒来，面对全新一天的开始。

火车继续行驶了约一个小时后，我心中突然一阵刺痛。如果小时候我搭乘火车经过的是东北方向的路线，肯定曾经过坎德瓦，路过我的故乡。当然，我现在知道火车曾经过坎德瓦，对此刻即将进站的火车来说，就像平凡的日常生活事件，不免让我怀疑五岁时，在车厢里昏昏欲睡的自己是否也曾随着火车路过了家乡。假如我当时在这里醒过来，或许就有机会下车，或许我会以为古杜是遇到朋友或想起有事情要去办，自己就直接回家了；我可能会直接爬上床后，为了无法跟他相处久一点而感到失望。如果这样的话,接下来的一切就都不会发生了——在加尔各答街头流浪、被收容、被领养,我也不会变成澳大利亚人,现在你们也不会看到我的故事。或许火车停留在坎德瓦的短短两分钟里我刚好睡着了,当时离我不远的母亲和妹妹或许也在睡觉,我却因此踏上了完全不同的人生。

虽然时间一分一秒地流逝,但是这些思绪一直在我心中盘旋不去。随着白天到来,火车里的声音也越来越嘈杂,每一个人都必须提高分贝,才能盖过隆隆作响的火车行驶的声音。每个人似乎都有手机,响亮刺耳的手机铃声此起彼落,到处都能听到印度电影中的畅销乐曲,还有不间断的对话交谈声。火车上的背景声音听起来像是许多不同印度现代音乐汇集的综合CD,包括爵士乐,甚至还有类似印度的约德尔调[1]。小贩开始在车厢里来回走动,以特定的语调贩售食物和饮料:"茶,茶,早餐,早餐,蛋卷,蛋卷。"

我站起来在过道上活动双腿时,发现了一台餐车,厨师上半身没穿衣服,正在滚烫的热油中炸着大量的鹰嘴豆和扁豆等

---

[1] Hindi yodelling,也称约德尔唱法(Yodel),是一种伴随快速并重复进行胸声到头声转换的大跨度音阶歌唱形式。

小吃，旁边的大桶里煮着土豆片。架在砖上的瓦罐都用煤气在加热，厨师们用长木桨翻煮照料着食物，能在颠簸的火车上看到这样的画面真是太神奇了。

加尔各答快线的车厢看起来不同于我小时候被困住的车厢，没有铁窗和一排排的木头做的硬长椅，也无法在两节车厢间走动——当年的车厢只有上下车的车门，内部没有连接其他车厢的通道。很有可能我当年搭乘的那种火车车厢现在已经淘汰了。印度火车里的喧嚣与噪声是无可避免的，而要遇到车厢内空无一人的概率更是为零。

随着火车往东北方前进，沿途景观开始跟我记忆中的画面重合了：平坦、充满尘土，而且似乎永无止境，我这次能将这个地方看个仔细——成片的棉花田和小麦田、灌溉作物和辣椒田，而且辣椒之多，从远方看上去连成了一整片红色，还有黄牛、山羊、驴子、马、猪和小狗，联合收割机旁是牛拉着的货车，农夫徒手收割堆叠成堆的干草。村庄里有色彩柔和如粉红色、莱姆绿和天空蓝的小泥灰涂色的砖屋，搭配着老旧的红砖瓦房的屋顶，看起来好像随时都会倒塌的样子。

我们也经过了一些小火车站，车站的颜色是印度铁路公司特有的用砖红色、黄色和白色图绘的图案。我在心中默默祈祷火车能在其中某个站停下，当年我肯定也看到过这些火车站。不知道当时在农田中劳作的人，是否会有人抬头看见过这样的场景——疾驰而过的火车窗边，一个脸上写满惊恐的小男孩茫然无措地站着。

一想到加尔各答，我的心中是兴奋盖过了焦虑。虽然这座城市充满了我儿时的回忆，我却感觉好像首次踏进这座城市。我曾在加尔各答（Calcutta）迷路，现在又回到了加尔各答（Kolkata）。毫无疑问，我和这座城市都发生了改变，我很期待看见它究竟改变了多少。

思绪翻飞中，夜色悄然降临。当我放下床椅、打开印度铁路为旅客提供的寝具纸套时，天色已彻底暗了下来。我躺在床上，发现还能看见窗外，火车驶过时，寺庙里的灯火、街上的自行车灯和远处的万家灯火都逐渐亮了起来。

随着火车前进的颠簸和摇晃，一阵莫名的幸福感向我袭来；躺在床上，我感觉很轻松，随着床椅起伏，车厢里的人们说着我听起来很熟悉却不了解的语言。白天时，我跟隔壁车厢的一个对我很好奇的小男孩聊天，他大概十岁左右，非常乐意尝试他在学校学到的英语，就问我"你叫什么名字？""你从哪里来？"等问题；他似乎能判断出我不是土生土长的印度人，虽然我看起来很像。或许是因为我的服装，也可能是我无法融入北印度语或孟加拉语的对话中。当我告诉他我来自澳大利亚，他便想到了板球运动员夏恩·沃恩（Shane Warne）。

在聊了一会儿板球之后，他问我："你结婚了吗？"当听到我回答还没有时，他说他为我感到遗憾。

"你的家人是谁？"他接着问，而我发现听到他的问题，我竟然犹豫了。

"我的家人住在塔斯马尼亚，但我在印度也有家人，在坎德瓦，在中央邦。"我最终还是说出口。他似乎很满意我的回答，而我也发现自己开始接受这个答案了。

第二天快到中午的时候，火车逐渐接近加尔各答。从火车上最佳的位置望过去，我看到脚下的轨道跟其他轨道是如何交会，然后又变成许多平行轨道进入豪拉火车站的。小时候我可能走过这些路，但谁知道呢？也或许当年我根本不会搭乘火车来到这座城市的最西边。这些铁道数量多到难以计数，有可能通往各个方向。我看着眼前交错的铁道，这是我当年找不到路回家的见证。

火车似乎开始在加速，经过停满卡车、汽车和待客的嘟嘟车停车地点，路上每辆车都狂按着喇叭。没多久，火车驶进了世界上最大城市之一的火车站深处，当地人口约有一千五百万至两千万人。在火车驶入巨大的红砖建成的豪拉火车站时，正好是中午十二点二十分，距离我从布尔汉普尔出发已经过去了整整三十个小时。火车缓缓停在月台上时，我立刻就认出这个地方——我回来了。

下车后，我站在繁忙的火车站大厅中央，就这样静静站了一两分钟，任凭人潮在我身旁流动，就跟当年一样。只是这次身边的人们会相互推挤，就像遇到有人挡路时的反应一样；上次我是站在这里乞求他人伸出援手帮我找回家的路，但是我想当时根本没人注意到我。一方面，我相信根本没人愿意停下来帮助一个迷路的小孩；另一方面，我怀疑在如此拥挤的人潮中，每个人似乎都是不存在的无名者，谁会有反应？谁会特别注意到一个难过的小孩？就算有人停下脚步，又有多少人愿意耐心听一个连话都说不清楚的小孩用北印度语说着他们没听过的地名？

火车站的建筑我依然熟悉，难以忘记。我曾经在火车站里乞讨过，也在火车站里或者周围睡过觉，甚至曾经有好几周时间都从这里搭乘不同的火车试图离开。这里曾经是我人生中最困顿的日子里的家，但它现在对我来说就只是一座火车站，是一座我所见过的最大、最繁忙的火车站。这里其实没有太多能让我探索的事情，我也不需停留太久。

我在车站里没注意到无家可归的孩子，或许他们现在都被移走了吧。但我从车站往外走到烈日下的时候，还是看到了一小群孩子，他们脸上的神情明显地透露出他们生活在街头肮脏的环境中，某种程度上也是无所事事地在等待着机会，例如看看是否有人从身边经过时可以乞讨，甚至行窃。曾经我在他人眼中是否也如此？还是我太过谨慎或天真了呢？这真的很难想象，当年我如果继续在街头生活，可能也会成为这群孩子中的一员，或者死亡。

我找到一辆出租车前往旅行社代订的酒店。酒店相当高级，同时提供印度食物和西式食物，还有酒吧、健身房跟无边际泳池。我下水游泳——在那里，你可以懒洋洋地躺在泳池边的躺椅上，或是游到边缘望着加尔各答，放眼望去是看不到尽头的建筑物，伴随着飘荡的烟雾灰尘、混乱的交通与贫穷。

回加尔各答的主要原因之一，是想看看我生命中一个非常重要的人物。我听说索德太太不仅健在，而且仍在ISSA工作时，便赶紧着手安排到她办公室去拜访她。我跟孟加拉语翻译碰面后，一起乘出租车穿过交通混乱、尘土飞扬和弥漫着垃圾恶臭味的街道。

ISSA办公室位于加尔各答公园街广场上的一栋古老的维多利亚式建筑中，该区有许多餐厅和酒吧，还有Flurys茶屋，许多人都是因为小黄瓜三明治和蛋糕慕名而来。ISSA办公室是一个被高档精致的环境所包围的救助中心。

我们经过外面的办公室，员工桌上都是堆积如山的文件，然后，我看到了索德太太，她正在最里面那间窄小的办公室里，埋首在电脑屏幕和成堆的官方档案之中，墙壁上还有一台老旧而危险的冷气机。这个地方看起来跟二十五年前一模一样。

我走进办公室向她做自我介绍时，索德太太难以置信地睁大了双眼。我们互相握手拥抱。她现在已经八十岁了，虽然这些年来照顾过许多小孩，但她依然清楚地记得我小时候的模样。"我记得你淘气的笑容，你的脸一点都没变。"她脸上挂满笑容，用一口流利的英文说着。在我被领养没几年后，她曾陪同另一个被领养的小孩到霍巴特，那也是我们最后一次见面。

她问起我的两个母亲，并要另一名社工同事沙曼塔·曼朵拉（Soumeta Medhora）找出我的领养档案。在她们讨论档案可能的收藏位置时，我抬头看到墙上的告示板上钉满许多孩子充满笑容的照片。

三十七年来，索德太太都在同一间办公室里帮助那些需要帮助的孩子。在这段时间里，她处理了超过两千名印度儿童接受领养的事务，有些是让印度家庭领养，有些则送到海外。她自己有一个女儿，现在是成功的生意人。她的女儿也常告诉大家，说她把母亲"捐给"了领养工作。

索德太太出生在德里，取得法律学位后，对安排流浪儿童领养的工作非常感兴趣。一九六三年，她在印度首次成功帮助安排领养事宜，而接下来的三年中，她也成功地帮助一名瑞典来的交换学生玛德莲·卡特斯（Madeleine Kats）领养印度女孩。卡特斯后来成为记者，在她写自己的领养经历时提到了索德太太，从此，其他寻求领养儿童的家庭找上索德太太，寻求她帮助安排领养事宜。这一切就是由此开始的。

索德太太后来搬到了加尔各答，接受由特蕾莎修女所成立的仁爱传教会训练；事实上，她本身就受到特蕾莎修女的庇佑，获得了一些有影响力的支持者——全印度女性会议的主席，以及知名的独立自由运动斗士阿索卡·库帕塔（Ashoka Gupta）——在他们的支持下，ISSA于一九七五年注册登记成立。七年后，该组织成立了我曾待过的孤儿院那瓦济凡之家——意为"新生"。

　　索德太太告诉我，相较于现在国际领养手续所需的平均工作天数，当年我的领养手续算是非常顺利了。她说跨国领养现在是由中央当局统一办理，已经无法直接通过类似ISSA的组织进行，而原本是"一条龙"的作业过程，现在反而变得更加复杂而冗长。如今要等待领养手续纸质文件，然后再安排相关流程完成的话，等上一年都是很平常的事情，有时甚至长达五年。我可以感受到她的沮丧，因为妈妈曾经也有过相同的感觉——经历马拓希领养手续的延宕，以及等待时间对他所造成的影响后，妈妈大力支持简化国际领养流程。

　　一九八七年，爸妈收到了领养同意通知，并和ISSA陪伴受领养儿童到澳大利亚的工作人员见面。工作人员让他们看过我的档案后，他们当场同意领养我。两周后，索德太太借由陪同那瓦济凡之家收容的另外两名小孩阿布杜和穆沙到澳大利亚时，亲自拜访我的养父母，并带回他们为我做的相簿。

　　我问索德太太，一个家庭在领养一名印度儿童后又再领养第二个，而且这两个孩子还毫无关系，这样是否很不寻常。她说这非常普遍——第一个小孩难免会感到寂寞或是文化上的孤立，也有可能是父母非常享受这段过程，想要再重来一次。

有人送来茶水，我们一起喝着茶。曼朵拉太太拿着我的档案回来，我终于有机会亲眼目睹自己的领养文件。这些纸张已经褪色，而且看起来特别脆弱，感觉好像一碰就会碎。档案中有一张我到达澳大利亚后的照片，是养父母寄过来的。照片中的我开心地握着高尔夫球杆，站在一辆老式的高尔夫球车前面。档案里还有我的护照复印件，上面的照片是我六岁时拍的，照片里是我眼睛直直地盯着照相机的表情。

在官方文件和护照上面，我的名字都是"萨卢"（Saru），也是从我被送到警察局后就一直记录在案的名字。后来爸妈决定将它改成"萨鲁"（Saroo），这样看起来偏英式一些，听起来也比较像我说自己名字时的发音。

档案显示我是因为一九八七年四月二十一日被拘留在屋塔丹嘎（Ultadanga）警察局，才引起了加尔各答当局注意。经评估之后，被送到了利卢阿少年之家，并归类为需要照顾的儿童。

利卢阿之家收容的儿童还有另外两类：一类是父母的行为引起警方与法院的注意，另一类是自己承认有犯罪行为者。而我们所有人都睡在一起。

　　曾经发生在我身上的事情现在更加清楚了。我曾经在利卢阿之家待过一个月，少年法庭在五月二十二日裁决将我改由ISSA照顾。索德太太会定期到利卢阿之家询问是否有新收容的儿童需要帮助，只要有适合的人选，她就会向法院申请将这名小孩暂时交由ISSA照顾。她的机构有两个月的时间帮需要照顾的孩子找到家人，让他们团聚，或者让孤儿得到"自由"的身份，然后交给新的家庭领养。如果上述可能性都不成功的话，那这个小孩就得回到利卢阿之家，不过ISSA还是可以持续追踪的。这也是马拓希当年的命运，ISSA花了两年的时间才解决好他原生家庭的问题，并让他成功被领养。

　　在我的案例中，ISSA的工作人员帮我拍了一张照片，那也是我人生中的第一张照片，并且在六月十一日刊于孟加拉当地的报纸上，注明我是失踪儿童；他们认为我应该是从海岸城市布拉赫马普尔上车的，因此六月十九日，ISSA的工作人员也将我的照片刊登在《奥里亚日报》（*Oriya Daily*）上，这是一份奥里萨邦（Orissa，现英文名称为Odisha）当地许多人都会阅读的报纸。虽然他们做了不少努力，但是结果很明显，当时并未收到任何消息，毕竟报纸出现的地方离我真正的家太远。因此，直到六月二十六日，在我的同意下，ISSA宣布我是"无人照顾的儿童"，正式获得了被领养的"自由"。

八月二十四日举行听证会后，法院同意将我交由布莱尔利夫妇领养；我在那瓦济凡之家住了两个月。九月十四日我领到新护照，同月二十四日离开印度，并于隔天——一九八七年九月二十五日——抵达墨尔本。从手推车大哥把我带到警察局的那一刻起，直到我飞抵墨尔本走下飞机，整个过程历经了五个多月。索德太太说，如果放到现在的话，我要想被领养，整个过程至少得等上数年。

曼朵拉太太修正了我的错误想法。我一直以为自己被选中、能离开利卢阿之家是因为我很健康，其实真正的原因是我迷路了，ISSA一开始是想帮助我和家人团聚。只要当局认为一个儿童有与家人团聚的可能性，即便是身体有残疾的孩子，也能离开利卢阿之家。我的领养手续开始办理没多久后，ISSA通过报纸广告，成功地帮两名住在利卢阿之家的走失儿童和家人团圆。只是当年他们对我的情况所知有限，就算有心想帮我寻找家人也难如登天。

事实上，他们甚至不知道我已经在街头流浪数周了。当年的我完全摸不着头绪，也因为害怕不知道会发生什么事情而很少说话,所以他们问什么,我就答什么,其他的完全没有多说过。而且,即便他们直接问我,我或许也不会提供太多有用的信息,毕竟我来自贫穷家庭,不曾接受过教育,语言沟通能力有限。ISSA是多年后从养母口中才得知我曾流落过街头。索德太太说他们听到时都吓了一跳,难以想象一个来自小镇、只有五岁的小孩能自个儿在加尔各答街头生活,更别说独自流浪了好几周。我真的是非常幸运。

我跟索德太太道别,也再次感谢她为我所做的一切。司机拉着我、曼朵拉太太和我的随行翻译经过正在兴建的新地铁站,穿过拥堵的街道,来到北边郊区一处宁静的住宅区街道上寻找那瓦济凡之家。事实上,这家孤儿院早已搬走,我曾经熟悉的建筑物现在是为贫穷家庭出去工作的妇女免费照顾小孩的地方。

一开始我非常确定走错了地方,但曼朵拉太太再三向我保证,而我坚持自己没记错,我以为她是因为过去这些年孤儿院的搬迁而搞不清楚地点。结果我是真的没来过这里,所以不认识眼前这栋两层楼的建筑——幼童住楼下,婴儿住楼上。

我走进楼下的区域,找到记忆中的那瓦济凡之家,铺在地板上的睡垫上,有十几个躺得歪七扭八的小朋友在午睡。不过,这些小孩在一天结束前都会由妈妈领回家照顾。

我还要造访两个地方。首先,我们前往宣告我是孤儿的青少年法庭,它坐落在邻区的卫星小镇上,那里有个奇怪的名字叫盐湖城(Salt Lake City),距离加尔各答市中心约半小时的车程。那是一栋看起来又脏又破、难以形容的建筑,我两次都没有在这里久待。第二处要去的地方是利卢阿之家,由于我在这里生活的记忆并不愉快,因此我就把它当成是一次走形式的拜访,我想这也是我将此地留到最后的原因。其实我不是很想再次探访此地,但我知道这次的加尔各答之行如果没有来过这里就不算完整。

ISSA再次好意提供了车辆和司机。我们经过加尔各答的地标建筑——豪拉大桥,接着通过豪拉火车站,在蜿蜒的小巷中前进,最后停在了一栋壮观的建筑物前——看起来几乎像是一座堡垒。车子停在外面时,我再次见到了那扇让我永远无法忘记的红色生锈的大栅门,铁门旁边还有一个小通道口,就跟监狱没两样。这扇大栅门在我童年的记忆中十分巨大,现在看起来也依旧让人印象深刻,高耸的砖墙上贴有墙头钉和碎玻璃。

如今,大门入口上方的蓝色指标牌提醒我,这里已经变成了女孩与妇女之家(Home for Girls and Women),男孩则被安排到了别处。虽然这里外观看起来没变，但外面多了守卫，感觉比较没那么野蛮。也或许我现在是以访客的角度来看待这一切。

曼朵拉太太事先已经安排好了一切，我们直接从小门走了进去，我们在里面看到一个小池塘，我几乎没印象自己曾经在这里待过。这些建筑显然比当年看起来小了很多，也没当初那么让人觉得可怕，不过里面的某种气氛还是让人想尽快离开。

我们在里面稍作参观，看到跟当年一样成排的上下铺走道，我曾经睡在那里，也梦想有机会解脱。当年离开时从没想过有一天我会愿意再踏进这个地方，不过我现在回来了，也想重新检视此地，拜访幼时的恐惧与噩梦。

相较于其他地方，重返利卢阿之家更有助于我放下过去的一切。毕竟在当年的环境下，政府当局还有什么其他方式能帮助迷路或被遗弃的儿童呢？他们将我安置在他们认为安全的地方，在为这些儿童寻找长久的栖身之所的同时，还提供食物和庇护。当然，这类机构的成立不是为了让孩子过得更悲惨，或使孩子成为受害者。只是当你将这么多孩子放在一起，有些人年纪明显较大，有些则有暴力倾向，霸凌事件必然无可避免，伤害也有可能发生。

如果你没有资源确保区域安全,原本的善意和初衷就会变样。我一方面思考着外人之所以能突破堡垒的原因,另一方面也在想,若是里面的人没有睁一只眼闭一只眼,这些人又如何能得逞?无疑地,当地需要更严格的管控,才能避免破坏体制的事情再次发生。想到自己当年没有受到伤害,又能毫发无伤地离开此地,对此,我非常感恩。

我还有最后一个地方要去——不是特定的建筑,而是某个区域。在加尔各答的最后一天,我回到豪拉火车站附近的街上,胡格利河岸边依然聚集着一小群便宜的咖啡摊和小贩。这里聚集的都是一些收入只够勉强糊口的、并不富裕的无家可归者;这里依然没有盥洗设备,许多人就住在附近临时搭建的棚屋中。我在摊贩周围徘徊,回想着曾经在此贩卖令我垂涎三尺的水果和油炸食品的摊位。最神奇的莫过于,在夹杂着柴油、汽油味和其他恶臭味道,又混杂着煮食柴火的烟雾的空气中,我依然能捕捉到那熟悉的食物的味道。

我往下走到河边看看,原本隔开摊贩和河水的空闲区域似乎已经变成私人住宅土地。正当我试图找路过去时,几只身上长着疥癣的狗出现在了小巷中,围着我嗅着我的小腿,我决定还是不要测试之前注射的狂犬病疫苗的效果。因此，我选择远离成排商贩的小道，走向令人印象深刻的钢铁结构的豪拉大桥。

没多久，我站在了桥上人行道的入口处，混在人群之中。这座桥连接着豪拉市与加尔各答市中心，当年我第一次跨过桥的经历，是要逃离铁路旁那名男子所带来的恐惧感。现在我知道这座桥是加尔各答的主要地标，或许也是世界知名的景点。这是印度独立之前，英国于一九四七年在此地最后的主要建筑之一。

看着眼前大批过桥的民众，还有桥上各式的车流，此情此景只能用不可思议来形容。后面的人群推着我前进，也有人迎面急忙从我身边走过。在火车站出入的搬运工就像蚂蚁回巢般进进出出，头上顶着大量物品却能保持最佳的平衡。人行道旁的围栏下有一排乞丐，举起钢碗和被截断的四肢在乞讨，街道上喧闹的声音中加入他们的哼唱声。桥上的行人规模和活动让这座桥几乎变成了另一个社区，但此地人数之多开始让我感到自己无足轻重，仿佛我不存在似的。当然，小时候跨过这座桥时，在人海中的我肯定是微不足道的。

巨大的交通噪声传来，蓝色烟雾升起，短暂地掩盖了眼前的景象。我曾在书上读到过，生活在污染的空气中，都会导致寿命缩短，即便是在悉尼或墨尔本也一样；因此我只能想，如果你每天都沉浸在这种污染中,一天天过去,生命不知道会缩短多少。

我在桥上约莫三分之一处的栏杆旁停下脚步,回头看了看车站与街贩下方的河岸,那里是我小时候成功求生的地方。我曾走过的路现在变成了渡轮码头,桥下的河岸边现在也铺上了混凝土。我看不到苦行僧是否还睡在那里。这次回到印度,几乎没看到几个苦行僧,不知道是选择这种生活方式的人越来越少,还是纯属巧合?当年我睡在他们附近,或在他们的寺庙旁时,他们就像我的守护者。

我看着底下通往胡格利河的强劲暗流漫过的石阶(ghats)——也是我当年两次差点溺毙的地方。我想起两次将我从水中拉上岸的男子,他现在应该已经不在人世了。但是,他就像带我去警察局的大哥哥一样,让我拥有了活下去的机会。他并未因此而得到任何好处,除非他相信因果。当年他第二次把我从水中拉起时,我因为太不好意思,也害怕受到关注,因此不曾向他表示过感谢。

我站在栏杆旁,往下看着自己的过去,先在心中感谢当年的救命恩人,然后再次在心中感谢他。太阳渐渐落山,我在加尔各答的最后一天,就在粉红与灰白交错的弥漫的烟雾中画下句点。

该是回家的时候了。

# 尾　声

  两位母亲首次相见的时刻，无疑是别具意义的。当《六十分钟》电视节目制作单位提出要拍摄两位母亲相见的画面，记录这段人生经历中的里程碑时刻时，我心中的忧虑再次浮了上来，眼前似乎总有未竟的旅途在等待我，也牵动着我心底未知的情绪。

  当养母见到生母，她是否会觉得我们母子之间的紧密关系出现了松动？她是否担心生母卡姆拉会要求我回印度？卡姆拉是否会觉得无法跟我的养母沟通？或是在有摄影机拍摄的情况下，会不会让她们感到别扭？我知道养母很担心这些事，因为我首次踏上印度的土地时也同样让她忐忑。

我一直都希望有机会能安排两个家庭认识彼此，他们也都表示非常期待。不过对于事情的发展，我还是有点泄气与失望：我的养父此次无法前来。这一次，只有两位母亲首次相见。

在《六十分钟》节目制作单位的陪同下，我们抵达了加尼什塔莱。那一刻时间仿佛静止了。当我看着两位母亲初次相见、泪眼婆娑地拥抱对方时，之前的担忧一扫而空。因为她们，我才拥有了两段人生。从小到大，我究竟经历了多少事件，才能见到今天这个画面？这实在让人难以想象。

尽管现场有翻译人员协助沟通，但存在于我们之间的喜悦和亲情，是不需要翻译的。

养母非常欣赏卡姆拉在面对人生诸多困境时的韧性，我也很高兴能尽己所能、帮助生母改善她在印度的生活，包括帮她支付房屋租金和购买食物，只要能让她的生活过得更加舒适，要我做什么都好。但通常她都会拒绝，坚持表示我能够重回她的生命中，才是她唯一在意的事情。兼具两地公民身份的我，可以在印度置产，虽然生母委婉抗拒，我还是打算在加尼什塔莱、在她熟悉的朋友圈附近帮她买一间较好的房子。

在贫穷村落里做生意、打交道需要一点耐心，我也一直在等待政府的相关文件。之后，卡鲁、谢姬拉和我一起在她每次等待我回家的那个转角处附近，帮生母找到一间房子，我们都很期待帮她搬入新家……第一间真正属于她的房屋。

我也致力于帮助自己生命中另一位重要的女性——萨罗杰·索德，如果没有她，现在也不会有这本书出版。为了让被遗弃的婴儿和走失的儿童有一处更好的生活环境，我坚持要修缮那瓦济凡之家。言语无法表达我对索德太太以及ISSA员工的感激之情，如果我能帮助她完成心愿，让她能照顾更多跟我有相似遭遇的孩子，那我会尽自己一切的力量去帮助她。

至于我心中真正在期待什么，其实我自己也不太清楚。虽然我尽全力找到故乡和家人，却并未想过要找回失去的生活。能否修正过去的错误已不重要，我也不是想回到曾经属于我的地方。我不能算是印度人，毕竟到目前为止，我的人生几乎都是在澳大利亚度过的，澳大利亚的家人也是我人生中不可分割的一部分。我只想知道自己从哪里来，并且理清我的过去，至少看着地图、要跟人家说我的出生地时，我知道该指向哪里。最重要的是，长期以来我一直压抑内心的期待，避免过于失望：我只希望找到印度家人，让他们知道我这些年来的经历。我与他们之间的联结同样也无法斩断，更感恩今天有机会重逢。

然而对于我的身份，以及何处是家，我心中并没有任何冲突感。我是有两个家，但只有一个身份——我就是萨鲁·布莱尔利。

重新踏上印度，看到母亲和哥哥妹妹的生活环境，这对我而言是一种丰富文化的经历。尤其当我看着哥哥和妹妹的生活，我非常欣赏他们重视家庭与人际关系的传统。这些感触很难通过文字描述，我觉得我们早已迷失在西方文化中的冷漠、过度强调个人主义里。我没有宗教信仰，这一点应该不会改变，但我希望有机会能了解印度家人的习惯和信仰，也看看是否能得到些许指引。

我很高兴看到侄子、侄女和外甥，也期待能成为他们生命中的一部分，尽我的力量为他们的人生提供更多机会。

当然，如果我当年没有走丢——那晚没有跟古杜出去，或是自己找到回家的路——我的人生就会大大不同。或许我能避免遭受许多痛苦，家人也不必在失去一个儿子后，还得承受另一个儿子失踪的心碎，我更不必体会到分离的痛苦，以及被困在火车里，或流浪加尔各答街头的冰冷的恐惧感。可是这些经历无疑也造就了我，让我对家庭的重要性有了无可动摇的信念——无论家庭的组成是什么样的——并且相信人性的善良，以及把握眼前每个机会的重要性。

我不愿抹灭曾经存在的任何事实。而且，如果这一切没有发生，我的印度家人也不会得到不曾拥有的机会。我强烈地觉得这些事情都是命中注定的，以我为中心将两家人紧紧地绑在一起。

我知道爸妈也不会希望他们的人生有所不同——没有我和马拓希的存在。我对他们的感谢难以言喻，感谢他们所给予我的关爱与新生活，更对他们致力于帮助弱势儿童敬佩不已。可以肯定的是，找到印度家人只会让我的澳大利亚的家庭更加团结，我不会让任何人质疑我们的关系。

我告诉马拓希自己找到家人时，他自然是为我感到高兴。我们从ISSA得知马拓希过去家庭破碎的悲惨遭遇，他也认为我成功与印度家人团聚，对那些走失的儿童无疑具有激励作用。虽然他有一段痛苦的童年记忆，加上成长过程中的挣扎，但他现在也改变了想法，试图与他印度的母亲联系。我们不知道他最后是否能找到生母，但我非常希望有一天，弟弟的心中也能获得跟我一样的平静。

此外，我也很高兴能与阿萨拉分享自己的好运。我们在那瓦济凡之家时就是朋友，也一起到澳大利亚展开了新生活。从一开始我们两家人的友谊就非常坚定，时常通过电话保持联系，偶尔会到彼此家中拜访。虽然我们长大后，因为生活忙碌，变得比较少联络，但时不时仍会跟对方分享工作、感情和

尾声

生活中的消息。我人生中有一部分经历也只有阿萨拉能懂，我很庆幸拥有这个朋友。

当我回顾寻找坎德瓦的过程时——尤其是使用频率最高的谷歌地球——我发现还可以通过其他方式处理，甚至可能更快地找到我的家。我可以更系统地整理出地图上与"布尔汉普尔"相似的地名，并从加尔各答开始延伸寻找。或许通过网络深度搜索能直接排除某些地方，或者至少缩小范围。即便我的方法逻辑性强，但也可以考虑将搜索地点限制在铁路沿线以字母B开头的城市名称上，而不是从豪拉火车站沿线计算范围内一处一处地过滤。也许这能让我提早找到坎德瓦，也可能不会。

但我没有这么做，我选择了当时最好的决定。除了古杜的死亡，我对整件事情的发展没有任何遗憾，也为生命中神奇的转折赞叹——养母的幻觉导致她选择跨国领养；我的印度生母每天祈祷，并在我回家团圆的前一天看到我的影像；甚至我上学的地区就叫作豪拉，这也是非常神奇的巧合。

有时候很难不去想，这一切似乎都有某种我无法理解的力量在背后操作。我不想以宗教力量来解释一切，不过我强烈认为自己从一个失去家人的迷路孩子，变成今天拥有两个家庭的人，这一切事情的发生都有其道理存在。思及此，我打心底里感到谦卑。

# 致　谢

　　我深深感谢两家人愿意让我在故事中提及他们，也感谢家人在本书写作期间无私的支持和帮助。我也感谢丽莎在这段期间所给予我的爱与耐心。

　　感谢萨罗杰·索德及沙曼塔·曼朵拉为我、为这本书的奉献。我也要感谢雪莉尔和罗查克的帮助，尤其是史汪尼玛所投入的时间与友谊。

　　最后，我要感谢太阳星娱乐集团（Sunstar Entertainment）的安德鲁·法斯尔的指导，以及企鹅出版集团的赖瑞·布特罗斯、班·霸尔和迈可·诺兰。